Constance Schaerer

Tu reposeras sur les plus hauts sommets du monde papa

Fayard

Couverture : Studio Graph'M. Photographe : Lorentz Hugo.

ISBN : 978-2-213-73183-4

Dépôt légal : octobre 2025

Prologue

Le monde s'effaçait sous mes pieds. La terre semblait décrocher, diminuer, jusqu'à n'être plus qu'un souvenir. Devant moi, un horizon de neige et de ciel – net, presque coupant – si près que je croyais pouvoir le toucher du bout des doigts engourdis. Mon masque sifflait, mes cils – que tu aimais tant – portaient des perles de givre, le nylon de ma doudoune crissait au rythme désordonné de ma poitrine. J'ai fermé les yeux, laissé le vent me gifler et, dans un souffle brisé, j'ai murmuré : « Ça y est, papa… je l'ai fait. »

Lundi 19 mai 2025, 6 h 10. Là-haut, sur le sommet du monde, l'air était mince, coupant ; chaque inspiration, une lutte sans témoin. Mes doigts ne sentaient plus rien, mes cuisses tremblaient comme des cordes trop tendues, mes lèvres avaient ce goût métallique du grand froid. Ma peur tenait dans ma main, petite et obstinée. Et pourtant, au cœur de cette blancheur absolue, je t'ai senti, tout contre moi. Une chaleur concentrée dans la poitrine comme un bras posé sur mon épaule, une main qui approuve. Ta voix, douce et ferme, glissait entre les rafales et me guidait dans le grand silence des hauteurs.

J'ai compté mes pas comme on compte les battements d'un cœur : un, deux, trois… pour toi. Les crampons rayaient la glace, la corde frémissait et chaque mètre gagnait sur l'ombre. J'ai levé la tête : le ciel s'ouvrait d'un bleu presque liquide, un bleu qui lavait tout, même la fatigue. J'avais froid jusqu'à l'os, mais il y avait en moi une chambre allumée où tu vivais – un feu discret, têtu, qui refusait de s'éteindre.

Tu rêvais que tes cendres voyagent jusqu'aux Sept Sommets. Après le Kilimandjaro, l'Aconcagua et le Denali, voici l'Everest. Ici, dans cette lumière qui déchire les nuages et raye le monde d'un seul trait, je t'offre l'éternité. Le vent soulevait la neige en étincelles ; il emportait un peu de toi vers le ciel et un peu de moi avec. Nous étions deux à respirer dans mon corps : ta cadence dans mes pas, ta patience dans mes haltes, ton courage lorsque la pente se cabrait et que mes pensées devenaient trop fragiles.

Là-haut, j'ai revu le drap vert de la salle d'accouchement dont tu parlais, la page froissée où tu avais écrit « *Je serai là* », le bureau tapissé de BD où j'avais découvert ta volonté : « *Les plus hauts sommets du monde.* » Tout s'est rejoint : la fille que tu avais prise dans tes bras et la femme qui te portait à bout de souffle. Ce n'était plus une ascension, c'était une conversation avec toi à travers la neige.

Je t'aime au-delà des montagnes, au-delà des horizons. Dans chaque pierre, il y a notre histoire ; dans chaque rafale, ton rire qu'un jour j'ai cru perdu. Je ne suis pas invincible : je grelotte, je doute, je vacille. Mais j'avance, pour toi, pour nous. Tant que mes pieds trouveront une arête, une trace, un fil de lumière à suivre, je gravirai. Jusqu'à ce que nos deux souffles, là-haut, se confondent à jamais.

Et si le vent nous sépare un instant, qu'il sache aussi nous réunir, quelque part entre la neige et le ciel, là où les promesses tenues prennent la forme des montagnes.

Chapitre 1

Mes parents

Extrait du carnet de papa,
31 août 1998, 07 h 05

« La salle est trop blanche. On a dressé un drap entre elle et le monde. Je reste près de sa tête et j'avale ma salive pour ne pas montrer que j'ai peur. Le chirurgien dit "On y va". Un silence, puis un cri minuscule fend la nuit. On pose ce petit corps contre le torse de Marie… Je n'ose pas toucher tout de suite. Quand enfin on me la tend, emmitouflée dans un drap vert, je la prends. Elle a des cils, Dieu merci, de vrais cils – les miens sont si courts. Je lui chuchote mon premier serment : "Je serai là." »

Je posais les pages et les larmes débordaient. C'était en mai 2021. J'avais vingt-deux ans et quatorze hivers s'étaient écoulés sans toi, papa. Neuf ans seulement à tes côtés : c'était trop peu pour un enfant.

Ce jour-là, la maison était presque silencieuse. J'entendais juste le tic-tac de l'horloge et le souffle du frigo. Ça sentait le papier et la poussière tiède. Dans le bureau du bas, notre pièce à souvenirs, les BD alignées formaient un mur de couleurs. Le soleil glissait sur le parquet et la cire prenait des reflets miel. Ma gorge se serrait, mes mains avaient ce froid si particulier des grandes décisions : continuer à lire, ou reposer ta voix. J'ai continué.

Sur mes genoux reposait une bande dessinée que Tatie venait de me confier après un déjeuner, chez elle, à Colmar. Pas un Pratt ni un Bilal, comme tu aimais tant… Non, cette fois, c'était *Jacques Marescaux et l'IRCAD, L'incroyable conquête de l'excellence*[1]. C'était bien lui, le professeur qui t'avait opéré du pancréas et offert trois années de sursis. Entre ses pages, Tatie avait glissé toutes tes lettres. Elle avait simplement dit : « Tu regarderas en rentrant. » Alors, j'avais regardé. Tout de suite. Parce qu'il existait des silences qui pesaient plus lourd que les livres.

Je reniflais, j'ai tourné une page. Et puis j'ai lu : « Cérémonie », tout en haut. Je savais que cela me rendrait triste, mais mes yeux restaient grands ouverts, comme attirés par une lumière au bout d'un tunnel. Le papier craquait sous mes doigts, sec, presque comme de l'écorce. Au bout de la ligne, des mots tombaient… Ces mots qui changeaient la trajectoire d'une vie.

1. Martial Debriffe, Yann Sougey-Fils, éditions du Signe, octobre 2020.

Extrait du déroulé de la cérémonie (2007)

« Déroulement et cadre : église d'Ingersheim

Je veux une cérémonie sereine, sans pleurs inutiles, avec si possible des moments de partage et de joie. Je veux des gens habillés de vêtement de fête, des couleurs et surtout pas de noir. Je ne veux ni fleurs ni couronnes. (Faire passer le message avant). Elle seront remplacées par des dons à des ONG qui s'occupent d'enfants dans le monde

Les enfants sont notre avenir, ils transmettent la vie.

Dans mes espoirs les plus fous, je rêve d'une éducation comme celle que nos enfants ont dans notre pays

À l'entrée de l'église chaque personne reçoit une rose rouge dont elle pourra faire ce qu'elle souhaite

La rose sera accompagnée, d'une photo de moi, dos tourné (au passé) regard portant au loin aux confins, l'horizon (le futur), les deux pieds bien ancré dans le sol, le présent.

Message : on vit en s'adossant au passé, en se fixant des objectifs pour l'avenir, mais en cherchant à profiter au plus de l'instant présent.

Les trois élément principaux qui constituent la vie, la vie, l'eau, la terre et le feu (le soleil) figureront sur la photo. Ces éléments doivent être protégé (écologie), par nous-mêmes et demain par nos enfants.

La rose et la photo, seront accompagnées, d'un document sur la cérémonie et de la traduction des chants.

Papa, maman, les frères et sœurs souhaiteraient distribuer les fleurs.

Les chants :

– jeu d'orgue de bach, toccata et fugue en ré mineur (ouverture)
– Nights in white satin des Moody blues (chant de départ)
– Messie de Haendel ?
– Miserere d'Allegri
– Imagine de John Lennon
– The power of love de frankie
– Les chants de l'extase de Bingen (propice à la réflexion = à la fin des textes)
– Requiem de mozart
– (un chant d'Antoine sur les paroles du poème de constance)
– Carmina burana de carl orff (chant de sortie)
– jeu d'orgue de Bach, toccata et fugue en ré mineur (ouverture)

Les textes :

– texte hindou dans recueil sur vivre l'instant présent
– texte de Saint Paul sur l'amour
– texte sur les béatitudes

– lettre de marc
– autre texte hindou
– pas de "Credo"
– ok pour eucharistie
– ok pour "notre père"

Sortie :

Le cercueil repart seul accompagné de Marie et Constance.

Je veux être incinéré et mes cendres seront déposées à plusieurs endroits.

Si possible le plus haut sommet de chacun des 7 continents. »

J'ai relu la dernière phrase plusieurs fois. *Les plus hauts sommets du monde.* Les Sept Sommets. À cet instant, je n'en connaissais ni la liste ni la hauteur. Je savais seulement que ton rêve entrait dans la pièce, qu'il me regardait et qu'il ne repartirait plus. Je suis sortie du bureau pour rejoindre maman, la lettre serrée comme on serre une main qu'on retrouve. Dans la cuisine, l'eau couchait sur l'évier une musique discrète, la vapeur montait comme une buée entre nous.

– Tu savais ce que voulait papa ?

– Oui, murmura maman.

– Pourquoi personne ne m'en a parlé ?

Sa réponse faiblissait. Comme sa voix. Je ne lui en voulais pas. Nous parlions peu de toi après ta mort. Pour elle, c'était un gouffre trop vaste à traverser. Elle avait déjà perdu son père alors qu'elle était très jeune. On faisait comme on pouvait pour tenir debout. Se taire, parfois, c'est survivre. Je la comprenais. Et surtout, je l'aimais pour cette façon de tenir la maison droite quand le vent pliait tout.

Je suis retournée m'asseoir au milieu de tes BD. Les mots de la cérémonie flottaient encore, comme un parfum d'église coincé dans une écharpe. Pour comprendre ce rêve, il fallait revenir à eux – mes parents – avant moi, avant le drap vert et la césarienne, au temps où tout commençait.

Ils avaient vingt-cinq ans lorsqu'ils se sont rencontrés, un anniversaire d'amis, une coloc' comme il s'en faisait à Strasbourg. Ce soir-là, on parlait beaucoup de la chute du mur de Berlin et de l'espoir qu'elle avait fait entrer dans le monde. Lui s'appelait Marc Schaerer. Elle l'avait trouvé drôle, engagé, vif, posé. Les cheveux bouclés, denses. Un sourire franc. Et ces épaules d'ailier : Marc était champion universitaire de handball.

Maman, fille unique, portait déjà l'absence de son père, emporté dans un accident de voiture quand elle avait quatorze ans. Elle avait dû apprendre très vite à se débrouiller seule. Ma mère était une maman exceptionnelle : toute sa vie, elle a tout fait pour que j'aie une enfance heureuse et la plus belle possible, parce que pour elle, tout n'avait pas toujours été facile.

Mon père était originaire d'un petit village près de Colmar, l'aîné d'une fratrie de quatre : Bernard, Laurent et Anne. Ils avaient grandi tout près de Tatie Marie-Odile, la sœur de ma mamie Betty. Tatie n'aimait pas qu'on l'appelle par son prénom ni « grande tante » : pour nous, elle est restée Tatie. Elle s'était mariée avec Jean-Louis, mon tonton, atteint de myopathie ; ils n'avaient pas pu avoir d'enfants et s'étaient, de tout cœur, occupés de ceux de mamie. Papa passait énormément de temps chez eux, particulièrement avec Jean-Louis, qui lui apprenait mille choses. Papa était un élève studieux, doué en mathématiques. Un jour, en rentrant de l'école, il semblait très contrarié, Tatie lui avait donc demandé : « Qu'est-ce qui t'arrive ? » Tête baissée, l'air dépité, il lui avait répondu : « Je n'ai eu que 19 en maths. »

Voilà : c'était lui, viser plus haut, toujours.

Très vite, papa et maman se sont installés ensemble dans l'appartement de la rue Kuhn. Ils étaient tous deux en études longues (bac+5 en ligne de mire) et travaillaient à côté pour les financer. Maman, même si sa mère l'aidait, tenait à son autonomie, et papa, dans une fratrie de quatre, s'était toujours débrouillé. Il sortait d'études de sciences économiques et travaillait à mi-temps au lycée de Cronenbourg et au BETA, où il réalisait une étude sur les entreprises locales. Il conduisait une Citroën

Diane beige cabossée d'histoires, qu'il a gardée longtemps.

Maman, elle, était surveillante dans le Haut-Rhin, puis elle a fait un stage chez Alcatel pendant son mémoire et son DEA, à Brest, avant d'obtenir un poste de CPE au lycée Jean Monnet, à Strasbourg.

Ils aimaient la vie et la vivaient avec gourmandise : les voyages réservés au dernier moment, les restaurants où l'on partageait une entrée en deux, les fêtes qui finissaient en rires dans la cuisine (beaucoup de fêtes). Et par-dessus tout, ils avaient la main tendue. Un soir, maman est rentrée avec Serge, un ancien élève livré à lui-même, en grande difficulté : il est resté plusieurs mois sur le canapé de la rue Kuhn, le temps de passer son bac et de trouver sa voie. C'était chez eux, cela allait de soi.

Et, derrière ces gestes, il y avait l'amour. Pas celui qu'on clame haut et fort sur les toits mais celui qu'on dépose chaque jour : une assiette gardée au chaud, un manteau passé sur des épaules froides, une porte qu'on laisse entrouverte pour que l'autre respire mieux. Cet amour-là ne faisait pas de bruit ; il tenait lieu de boussole.

Puis était arrivé le service militaire de Marc, repoussé autant que possible, pendant la guerre du Golfe. Élève officier, il portait la peur sourde d'être envoyé sur le terrain… Mais non. Quand il en est sorti, il est entré chez LEUCO, dans la logistique de l'industrie du bois. Mauvais courant avec le patron, chômage, puis un nouveau départ chez EPS, filiale du Crédit Mutuel qui installait des systèmes de sécurité (aujourd'hui Homiris). Quand ils ont compris qu'ils étaient faits l'un pour l'autre, ils ont choisi leurs trajectoires professionnelles pour la famille : maman a obtenu le concours de CPE avec ses mercredis et les vacances scolaires et papa a rapidement pris un poste à responsabilités chez EPS. Il travaillait beaucoup et rentrait tard, mais ils avaient trouvé leur équilibre, une danse discrète où chacun portait l'autre quand l'orchestre se taisait.

Le 29 décembre 1995, ils se sont mariés à la mairie de Strasbourg. « Un peu à l'arrache », disait maman en riant, par amour et pour éviter une mutation dans le 93 : les points gagnés lui permettaient de rester dans l'académie. Le lendemain, dîner rapide avec les témoins, et hop, départ pour Tignes avec la bande. Leur joie avait cette façon d'emplir l'air comme une buée chaude sur une vitre : on n'y voyait plus la grisaille derrière.

Ils voulaient un enfant. Plusieurs, même. Ils le voulaient tant et je suis certaine qu'ils étaient faits pour ça. Mais les mois passaient et rien ne venait. Il y avait les tests, l'espoir, les FIV qui échouaient. Trois ans de montagnes russes avant que je me glisse, le plus naturellement du monde, dans le ventre de maman, fin 1997. Ils étaient fous de joie. Ils songeaient à m'appeler Victoire ou Victoria parce qu'il fallait bien un prénom pour nommer ce miracle.

La grossesse se déroulait bien. Papa, souvent, posait l'oreille contre le ventre pour me parler ; son souffle soulevait à peine la peau de maman. Ils ne voulaient pas savoir si j'étais une fille ou un garçon : la santé d'abord. Chacun préparait sa liste de prénoms, on mettait des étoiles, on barrait, on comparait, on riait des « jamais » et on s'attendrissait sur les « peut-être ».

Le 31 août 1998, un dimanche, j'ai décidé d'arriver trois semaines en avance. Ils étaient en balade au bord d'un lac artificiel près de Strasbourg quand maman a perdu les eaux vers 17 heures. Elle a vite rassemblé leurs affaires, un peu déçue tant elle aimait être enceinte. Papa a pris quelques minutes pour filer sous la douche, ils sont montés en voiture, direction le centre médico-chirurgical obstétrique de Schiltigheim. Mais, très honnêtement, je préférerais laisser Papa raconter cet épisode. Mes larmes m'empêcheraient de recopier ses mots. Il a écrit des choses magnifiques au moment de ma naissance. Je suis fière de les reproduire ici, de faire entendre sa voix, ses mots et transmettre les émotions qu'il a ressenties en me voyant pour la première fois. Vas-y, Papa… C'est à toi…

« *Nous sommes à la fin du mois d'août. À cette latitude il ne fait plus très chaud à cette époque de l'année. Pourtant, ce jour-là, le soleil brille et la température est estivale. Nous décidons d'aller en profiter au bord d'un lac artificiel en périphérie de la ville. Il s'y déroule une compétition de triathlon qui a pour point de départ et d'arrivée une partie de la plage où nous nous sommes allongés. Bientôt les athlètes plongent gaillardement dans l'eau pour le parcours de natation. C'est une joyeuse cohue. Après une quinzaine de minutes à peine, les meilleurs nageurs en terminent et s'élancent pour un tour de quelques dizaines de kilomètres en vélo. Nous sommes tranquillement en train de lire ou de somnoler sur nos draps de bain quand les vivas du public annoncent l'arrivée des premiers concurrents après leur dernier effort en course à pied. Vers 18 heures c'est la remise des prix et quelques centaines de personnes acclament les vainqueurs au pied du podium où ils reçoivent leurs prix. Subitement Marie se tenant accroupie sur sa serviette de bain se met à uriner comme si de rien n'était. Je sais bien que le surnom indien que je lui ai attribué est « pissant partout » en raison de sa propension à pouvoir réaliser ses besoins en tous lieux et à toute heure. Malgré cela je suis un peu choqué et espère secrètement que personne n'a vu son manège délicat. Les toilettes sont pourtant à 30 mètres et je m'en vais lui dire qu'elle exagère quand elle m'annonce qu'elle est en train de perdre ses eaux. Je n'y comprends rien.*

– Les os quels os ?

– Mais non, les eaux, je vais accoucher !!

– Mais c'est dans trois semaines seulement, ce n'est pas possible.

– Mais si, il faut que nous allions à la maternité.
– Quand ?
– Tout de suite, maintenant.

Je range nos affaires sans précipitation pendant que Marie se ceint les reins d'une serviette. Elle est trempée de partout. Discrètement nous passons à côté du public qui acclame toujours les triathlètes et prenons notre voiture pour rejoindre notre petit appartement situé près de la gare au centre-ville. Arrivés sur place, Marie prend ses affaires et je fais une dernière photo d'elle le ventre rond portant l'enfant qui va bientôt naître. Juste avant de repartir, je me rends compte que nous n'avons toujours pas choisi le prénom de celui ou de celle qui va arriver au monde. Nous avions bien pensé à la question mais il nous restait à choisir parmi une dizaine de noms de garçons ou de fille selon le cas. Je récupère la liste et la glisse dans ma veste… Au cas où cela serait vraiment pour les heures qui viennent. Nous pensions avoir du temps encore, il va peut-être falloir se décider rapidement.

À la maternité, il est clair que Marie va accoucher maintenant. Je vais bientôt devenir père mais ne me rends pas bien compte de ce que cela va avoir comme incidence sur ma vie. J'ignore encore le bonheur que cela apporte.

Ma contribution à cette affaire date d'il y a près de neuf mois. Un matin vers 7 h 40 après la sonnerie du réveil, je me rends compte que Marie va partir pour deux jours et que la fenêtre de tir sera fermée à son retour. Or cela fait près de deux ans que l'on tente notre chance sans résultat. Marie a pris des premiers contacts dans l'objectif de procéder à une procréation médicalement assistée. Au dernier moment avant de passer sous la douche, je me décide, et un œil sur le réveil, l'autre à mon affaire, je libère ma semence au bout de quelques minutes. L'étincelle de la vie vient de jaillir sans que je sois conscient de ce que cela signe vraiment.

Vers 22 heures, Marie entre en salle d'accouchement. Le col est dilaté mais l'enfant ne vient pas car son nez bloque la sortie de la tête. Vers 4 heures du matin, nous nous endormons tous les deux. À 6 heures, on nous réveille, et on nous annonce qu'il faut procéder à une césarienne pour ne pas mettre la vie de l'enfant en danger. Les préparatifs sont rapides. Marie demande à l'infirmière que je puisse assister à l'opération. Cela n'est pas courant, mais elle sait que pour rien au monde je ne voudrais manquer les premiers instants de vie de notre enfant. On accède à notre désir et je me prépare à mon tour. J'arrive dans la salle d'opération et vois Marie allongée sur la table d'opération. Une odeur de chair brûlée flotte dans l'air. J'espère qu'il n'est pas trop tard et me précipite au grand dam de l'équipe chirurgicale pour jeter un regard au-dessus du champ qui barre ma vue. C'est bon, il est encore temps. Le chirurgien plonge sa main dans le ventre ouvert et en retire l'enfant. Immédiatement je vérifie que le bébé a des cils.

– Ils sont magnifiques, dis-je à Marie.
Puis mon regard se baisse et j'ajoute :
– C'est une fille.

Il est 7 h 05 ce 31 août 1998 et je suis père pour la première fois de ma vie. Je suis ému. Je porte la petite dans mes bras. Heureusement, c'est une fille et pour son prénom nous n'avons plus qu'à choisir entre deux solutions. Pour un garçon, il nous en restait quatre et nous n'arrivions plus à en éliminer.

Vers huit heures, je monte dans la chambre où Marie et la petite m'attendent. Avec Marie, on la regarde. A-t-elle une tête de Constance ou de Louise-Agathe ? On opte finalement pour Constance sous la pression d'une employée de l'état civil qui stresse déjà ! Marie et Constance s'endorment. À mon tour, je vais me reposer un peu après avoir donné quelques coups de fil pour annoncer la nouvelle. Quand je reviens dans l'après-midi, je vois ma fille et je la trouve merveilleuse. Je suis un père heureux.

Le lendemain, ma belle-mère arrive à la maternité pour voir sa première petite fille. Marie lui dit que s'appelle Constance, Constance Schaerer comme son père… Et comme sa mère ! La nouvelle mamie ne saisit pas encore la portée des paroles de sa fille. Marie insiste. Sa mère finit par comprendre. Elle demande :
– Tu t'es mariée ?
– Oui, réponds Marie.

– Mais quand ?
– Il y a presque trois ans.
– Mais tu ne m'as rien dit ?
– Non.
– C'est bien, finit-elle par dire.

Elle est tellement contente d'être grand-mère que le reste lui importe peu. Le pourquoi et le comment sont remis sine die. J'ai devant moi quelques jours pour accueillir Marie et notre fille dans notre appartement. Heureusement car tout est loin d'être prêt. Il faut finir la décoration, chercher le berceau chez des amis…

Une après-midi j'ai envie d'écrire un petit mot à Constance. Je me mets devant l'ordinateur et les mots sortent naturellement. »

Te voilà maintenant partie
Pour vivre ta destinée
Dans le grand cirque de la vie
Pour un instant d'éternité

Tu suivras ton chemin
Seule ou accompagnée
Tu choisiras ton train
Pour rejoindre l'arrivée

Tes parents seront là
Pour te donner le la
Tu créeras la portée
Sur laquelle il faut chanter

Quand ce n'sera pas facile
Tu n'te laisseras abattre
Mais rien n'sera difficile
Car tu sauras te battre

Ton père qui t'aime

Strasbourg le 8 septembre 1998

Au cours des premiers jours, mes parents faisaient une quantité astronomique de photos que papa s'empressait d'aller faire développer. Lorsqu'il les regardait, et qu'il se voyait avec sa fille dans les bras, pour la première fois de sa vie il se trouvait beau. J'avais quelques heures d'existence et déjà – disait-il – je l'avais transfiguré, dans son corps et dans son esprit.

L'amour entre eux ne s'est jamais défait. Il a simplement changé de forme. Après sa mort, il continuait d'allumer des lampes dans la maison : une lumière qui venait de loin, fidèle. On la sentait dans la façon qu'avait maman de ranger ses BD comme on borde un lit, dans le soupir tendre qui lui échappait quand elle évoquait sa Diane beige, dans le respect tranquille avec lequel elle prononçait « Marc ».

Cet amour-là survivait dans les gestes : quand je nouais mes lacets avant une course, je sentais ses doigts à lui sur mes chevilles ; quand je calais ma joue contre une vitre glacée d'altitude, j'entendais son rire se dilater dans le vent. La mort n'avait pas soustrait : elle avait approfondi. Elle avait creusé un espace où, paradoxalement, on se rencontrait plus fort.

Oui. Ça, c'était toi. Ton amour inconditionnel. Celui d'un père envers sa fille. NOTRE amour, tout simplement. Et, des années plus tard, j'allais tenir tes pages entre mes doigts et respirer tes mots, papa.

« Mes cendres
sur les plus hauts sommets du monde. »

Je ne savais pas encore que ces mots allaient devenir une boussole. Que, de continent en continent, de sommet en sommet, je te porterais sur le toit du monde. Je ne savais pas encore l'odeur du givre à 8 000 mètres – ce picotement vif dans le nez comme une pomme mordue –, la morsure de l'oxygène rare, la joie animale d'atteindre une crête battue par le vent. Je savais seulement ceci : on t'avait promis, au drap vert, d'être là. Alors j'irais.

Et tout commençait là : dans un bureau tapissé de BD, en mai 2021, avec une lettre, un rêve et l'amour obstiné d'une fille pour son père, comme une corde invisible tendue entre deux sommets : lui, là-bas, et moi, décidée à gravir chaque mètre pour le rejoindre.

Chapitre 2

De mes 5 ans à mes 9 ans

Mes parents rêvaient d'avoir cinq enfants. Ils avaient même choisi la voiture qui allait avec : une Peugeot 806. Après ma naissance, ils avaient essayé encore et encore, sans succès. Ils m'avaient promis des frères et sœurs ; peu m'importait qui viendrait, j'y tenais, j'insistais. Ils avaient alors commencé un dossier d'adoption.

Les plans allaient changer… Mais il y a eu les années d'avant, les belles années d'avant, larges et lumineuses, celles où le monde entrait chez nous par toutes les fenêtres.

Inde : notre dernier grand voyage avant la bascule

Mes parents m'ont emmenée partout, ils avaient des amis ou connaissances aux quatre coins de la planète. Le monde était une habitude heureuse chez nous, une manière de respirer ensemble. À huit mois, j'ai fait mes dents dans l'avion pour le Brésil, pour aller voir mon parrain. C'est durant ce voyage que j'ai failli perdre mon père pour la première fois : en sortant d'une soirée avec ses amis Denis et Éric, il a été pris en otage, pistolet sur la tempe, séquestré des heures dans une favela. Police, consulat, avocats, journalistes : tout le pays s'est agité, et la chance a fini par nous rendre papa. L'année suivante, le Canada, chez des amis, les Liessou. Cette fois-là, c'est maman que l'eau a failli terrasser. Mais tous deux étaient bien plus forts que cela, ils s'en sortaient, toujours… ou presque.

Et, avant que tout ne bascule, il y a eu l'Inde.

Ils avaient longtemps hésité avec le Liban. C'est papa qui a choisi la destination. Maman était réticente à l'idée de m'emmener en Inde, à la fois pour des questions d'hygiène et pour des raisons financières. Mais papa a insisté, et il s'est montré persuasif comme il savait le faire : s'il ne passait pas ses vacances avec sa fille, il ne la voyait jamais ; donc il n'y avait pas de sujet : elle devait venir.

Nous nous sommes envolés le 12 juillet pour le Rajasthan, seize jours de route et de lumières. L'avion a eu du retard, nous sommes arrivés tard dans la soirée, accueillis avec cette gentillesse simple qui apaise la fatigue.

C'était la première fois que je découvrais une culture aussi différente de la nôtre. Nous dormions dans des palais somptueux transformés en hôtels ; le matin, l'air sentait la poussière chaude et le thé. New Delhi, puis Jodhpur : des rues vibrantes, du monde partout, des klaxons qui cousaient le ciel, des vaches qui se baladaient au milieu des voitures, des moustiques qui traçaient leur propre musique, parfois des chauves-souris dans la nuit. De la chaleur qui remontait du sol, des odeurs fortes que je ne connaissais pas encore. Les gens circulaient à quatre ou cinq sur des mobylettes ; des enfants pieds nus couraient, riaient. J'étais curieuse et ouverte, mais tout cela me bousculait un peu. Alors, souvent, je voyais le monde juchée sur les épaules de papa, ou la main serrée dans celle de maman. Je me sentais protégée.

Balbinder, notre chauffeur sikh, veillait sur nous avec une attention pudique, très attentif à l'hygiène. Le jour où mes parents ont visité un temple à la colonne volontairement de travers – pour ne pas rivaliser avec la perfection de Dieu – je suis restée avec lui dans la voiture, et je me suis endormie sur ses genoux.

Au Taj Mahal, étape obligée des voyages de noces indiens, la blancheur fendait le ciel. Là-bas, poser avec un enfant portait bonheur aux jeunes mariés : très vite cela était devenu infernal ; j'avais dû sourire pour des photos une vingtaine de fois avant que papa et maman ne finissent par dire stop. Je m'en souviens comme si c'était hier, c'était très impressionnant pour moi, pour ne pas dire oppressant.

Ma poupée Mathilde – un grand baigneur de 80 cm – attirait les convoitises. Plusieurs personnes avaient voulu l'acheter, cela me faisait peur. Je la serrais si fort que son plastique me marquait le bras.

Je mangeais peu : ni le riz ni les lentilles ne passaient, seuls les club-sandwichs commandés à l'hôtel m'arrachaient quelques bouchées. Au milieu du séjour, je suis tombée malade : gastro, fièvre, un médecin venu deux fois à l'hôtel. Ma première prise de sang : une aiguille énorme plantée dans un bras amaigri, maman en avait mal au cœur rien qu'à regarder. Une nuit, j'ai tant remué que je suis tombée du lit sur le marbre ; une bosse, des larmes, et mes parents qui m'ont coincée entre eux pour que ça ne recommence pas. Ils étaient si inquiets pour moi…

Finalement, je me suis remise et nous avons terminé le circuit avec la douceur infinie de Balbinder. Nous avons rapporté à la maison un tapis ocre acheté dans une coopérative familiale, un bel éléphant au centre. Chaque fois que mes yeux s'y posaient, l'Inde réapparaissait : ses couleurs, sa densité, ses rires.

Heureusement que j'ai ce souvenir. Ce fut notre dernier grand voyage à trois. De retour en France, fin juillet, papa a commencé à avoir mal au dos. Je croyais que c'était l'Inde qui avait laissé des traces, comme si le voyage nous suivait encore. Nous ne le savions pas : la bascule venait de commencer.

Les premiers signaux

Quelques jours plus tard, papa avait toujours mal. Il a repris le travail malgré la douleur, parce que c'était lui : tenir, sourire, avancer. Avec maman, nous avions encore quinze jours de vacances : nous sommes reparties toutes les deux en Bretagne, à Morlaix. Elle avait loué une maison avec quatre familles et leurs enfants. La fête et le partage. Toujours.

La 806 était bourrée jusqu'au toit : valises qui coinçaient les portes, sac de jeux, glacière, râteaux pour la plage. Annick conduisait en relais avec maman, Martin et Léo dormaient, la tête qui ballotte. La France étouffait sous la canicule ; là-bas, l'air restait à 25 °C et sentait l'iode, la crème solaire, la pierre humide du port. Chaque jour : plage, bains glacés, coques et berniques qu'on délogeait en riant. Le soir, la ville faisait du bruit : festival de rue, pavés tièdes, fanfares, jongleurs et même le groupe Matmatah qui faisait vibrer nos côtes. Avec les enfants, nous avons monté un spectacle dans notre cour : costumes bricolés, répétitions interminables ; le grincement des chaises métalliques quand les parents s'asseyaient me reste encore dans l'oreille.

Et pourtant, sur ce ruban de vacances parfaites, une inquiétude roulait en sourdine : papa avait mal.

En septembre, j'ai fait ma rentrée en grande section à Pulverlaechel (Eschau). La salle des grands, tout au fond du couloir qui sentait la cire, était notre royaume. Michelle était ma maîtresse. J'étais extrêmement sociable : Léana (qui deviendrait ma sœur de cœur, toujours là, dans les meilleurs et pires moments de ma vie), Robin, Jonathan, Arthur, Mathilde, Edgar, Thomas, Corentin…

Le matin, papa m'amenait ; c'était notre rituel. Il s'était donné pour mission chaque matin de faire rire Michelle avant la cloche. Puis il filait rue du Doubs, chez EPS, et rentrait tard. Maman, CPE à Couffignal, avait choisi ce poste pour être près de moi : elle commençait tôt, mais gardait les soirées et les mercredis.

Nous avions nos petits rituels, avec papa, avec maman ou les deux en même temps pour mon plus grand bonheur. Un samedi, *Stuart Little 2* au Star (rue du Jeu-des-Enfants) : j'étais entre eux, la main de chacun dans la mienne. Je suis sortie amoureuse du chat appelé Snowbell. Au *JouéClub* de la place Kléber : rupture de stock. Papa a chuchoté : « Je vais le chercher ailleurs. » Il est revenu avec un grand sac : Snowbell, immense et soyeux. C'était trop cher, oui, mais son regard disait : *peu importe*. J'ai enlacé son cou ; il sentait le froid d'hiver et son après-rasage.

J'aimais les matins avec papa, je choisissais mes tenues avec l'entêtement d'une reine : mon gilet rouge en laine était sacré. Papa tressait mes cheveux ; au début ses doigts s'emmêlaient, puis la douceur est venue avec l'habitude.

Mais, à la Toussaint, le mal de dos a grondé plus fort. Les Doliprane ne faisaient plus rien. Nous allions partir chez Mamie Claire à Hirsingue : les sacs attendaient sur le palier. Maman a regardé la chambre, la couette encore froissée par l'insomnie. Elle est entrée, s'est assise au bord du lit, a parlé tout bas :

– On ne part pas, on reste ici, avec toi.

Papa a fermé les yeux, a soufflé comme on dépose un rocher :

– Oh merci.

Dans ce merci, il y avait une peur qu'il n'avouait jamais et le soulagement de ne pas être laissé seul face à la douleur. Maman et moi avons compris que quelque chose n'allait vraiment pas. En temps normal, il aurait dit : « Mais non, allez-y, il n'y a pas de problème. » Cette réaction n'était pas dans ses habitudes. Déjà, il changeait…

Entre douleurs lancinantes et moments de répit, le mois de décembre est arrivé. Maman et moi étions inquiètes. De plus en plus. Je me souviens d'un soir où elle était debout devant l'évier, les mains encore mouillées, le combiné calé contre l'épaule, elle appelait son amie Gisèle. L'eau coulait encore et sa voix tremblait : « Il n'arrive plus à tenir une soirée… à 22 heures, il doit trouver une chambre pour s'allonger même si nous sommes chez des amis… le Doliprane ne fait plus rien… »

L'intuition de Gisèle est tombée, tranchante :

– Ma mère avait la même chose : cancer du pancréas. Elle en est morte.

Puis un nom qui allait baliser nos jours : professeur Jacques Marescaux.

– Il faut qu'il consulte, c'est urgent.

Maman n'est pas de nature anxieuse, mais je l'ai vue pâlir, comme si la cuisine avait perdu quelques degrés. D'un coup, nous avons compris que nous venions de changer de monde.

Tenerife : la bascule invisible

Nous avons malgré tout repris la destination de Tenerife pour Noël, comme l'année précédente. Mais dès l'aéroport, quelque chose déviait. À l'hôtel, papa dormait. Il dormait au milieu de l'après-midi, il dormait après le petit déjeuner. Quand il descendait à la piscine, sa peau semblait plus blanche, ses yeux plus loin, sa voix étouffée comme s'il parlait à travers la ouate. Je cherchais mon papa dans son visage et je ne le retrouvais pas tout à fait.

Un après-midi, il a dit qu'il remontait « *un instant* ». Il n'est pas redescendu. Maman m'a prise par la main : « Je vais chercher ton jouet et je reviens. »

Dans le couloir climatisé, ça sentait le produit d'entretien et le sel rapporté par les serviettes. Elle a frappé : elle avait oublié la clé.

La porte s'est ouverte sur lui à contre-jour. Ses traits étaient tirés, son regard ailleurs. Et cette phrase, sèche, coupante :

– Tu aurais pu penser à prendre les clés et toutes tes affaires.

La voix n'était pas la sienne. Pas ce timbre rieur-grave qui nous portait ; c'était une voix étrangère, agressive, comme si quelqu'un avait emprunté son corps pour nous parler. Maman est restée figée, les doigts serrés sur la poignée. Elle n'a rien répondu. Elle a ramassé le jouet, m'a retrouvée en bas. Je l'ai vue s'asseoir au bord du transat, le regard perdu vers la mer. Je me suis blottie contre son flanc. Nous ne reconnaissions pas l'homme avec lequel nous vivions.

Le soir, dans la chambre sombre, j'ai entendu sa respiration lourde et le tic-tac de l'horloge murale. Maman a caressé mes cheveux très longtemps. La peur s'est installée là, silencieuse, entre deux vagues qui se brisaient au loin. Nous avons fait de notre mieux pour sauver les vacances, mais quelque chose s'était rompu : l'évidence du papa invincible.

Quand nous sommes rentrées, la peur n'avait pas dégonflé. Elle s'asseyait avec nous à table, glissait sa main dans la mienne sur le trajet de l'école, restait tapie sous mon gilet rouge. J'avais déjà commencé à apprendre à avoir peur.

Le diagnostic

Lundi 5 janvier 2004, 8 heures. Le téléphone a sonné dans la cuisine encore froide. Les carreaux étaient glacés sous les pieds, l'odeur du café traînait dans l'air. La voix du docteur Gies, notre médecin généraliste, ne s'est pas perdue en détours :

– Il faut que Marc passe des examens complémentaires.

Au ton – ce fil tendu, presque métallique –, maman a compris tout de suite. Quelque chose a basculé. L'air paraissait plus épais, la lumière de janvier plus blafarde. C'était l'instant où nos vies ont changé d'axe.

Ce matin-là, papa m'a déposée à l'école pour la dernière fois. Le couloir ciré de Pulverlaechel sentait la craie et la chaleur des radiateurs. Michelle nous a accueillis, a souri à sa plaisanterie du jour et elle l'a regardé s'éloigner sans deviner que c'était un adieu au rituel. Elle le dirait plus tard : en quarante ans, elle n'avait jamais accompagné la maladie puis la mort d'un parent d'élève.

Constance, tu étais dans ma classe de grands durant l'année scolaire 2003/2004, à l'école maternelle Pulverlaechel d'Eschau. Tu étais une adorable, gentille et très souriante petite fille ! Tous les matins c'était ton papa qui t'amenait à l'école ! Et tous les matins il avait un mot pour rire ! Il était très drôle et avec Danielle, la maîtresse des petits, nous nous régalions de ses traits d'humour. Un souvenir qui me revient à l'esprit, et c'était chez les petits (la porte entre nos deux classes restait ouverte pendant le temps de l'accueil), c'est l'épisode des chaussettes dépareillées. Il n'avait pas réussi à reconstituer la bonne paire… Il en riait ! Et nous avons ri avec lui !!! Il me semble que, disait il, bien sûr, c'était la faute de ta maman !!!

Puis un matin, sans crier gare, sur le même ton enjoué que d'habitude, il m'a dit : « Vous allez vous farcir la mère pendant trois semaines, j'ai un cancer du pancréas… »

Je suis restée sans mots. Mais je n'ai jamais pu oublier ses mots à lui ! Il n'avait pas du tout l'air malade !

Puis il n'est plus jamais rentré dans l'école. Ta maman, Marie, me donnait des nouvelles. Je me souviens l'avoir aperçu, une fois, au fond de la cour, après un séjour à l'hôpital, amaigri et marqué par la maladie. Il venait te chercher avec ta maman…

Michelle
Ta maîtresse chez les grands !

Dès le lendemain, c'était maman qui s'occupait de moi. Tout allait plus vite, comme si le temps manquait déjà. J'hésitais devant l'armoire, j'ai choisi mon gilet rouge, fétiche. Elle a soupiré, la voix pressée :

– Constance, tu as des tonnes de gilets, tu ne peux pas toujours mettre le même.

J'ai insisté : ça comptait vraiment pour moi, c'était celui que je portais avec papa. Et j'ai lâché, comme une évidence :

– Vivement que papa revienne.

Mais qu'est-ce que j'avais dit ? Elle s'est effondrée, d'un coup. C'était la première fois que je voyais maman pleurer comme ça. Je ne comprenais pas : un gilet, ce n'était pas le monde. Nous nous sommes serrées fort. Dans la 806, ceinture bouclée, je regardais la buée courir sur la vitre en repensant à cette scène. Je ne comprenais plus ces réactions et je me sentais mal. J'avais l'impression de lui faire de la peine dès que j'ouvrais la bouche et de manière inconsciente, sans le vouloir, j'en rajoutais une couche.

– De toute façon, je ne te dirai plus rien.

– Pourquoi ?

– Parce que tu pleures.

Oui, ce jour-là, quelque chose s'est fendu entre nous. Par amour, j'ai décidé de la protéger : taire ce qui pouvait la faire pleurer encore. Avec le recul, elle s'en est voulu : « Je n'ai pas été assez solide, je n'ai pas agi comme une adulte. » Je m'en veux encore qu'elle ait pu penser cela. Personne n'est préparé à ces naufrages-là. Sans elle, je ne serais jamais arrivée jusqu'ici.

Le processus a continué. En janvier, maman a appelé l'assistante du professeur Marescaux. Sophie avait une voix douce, humaine ; elle cherchait une brèche dans un agenda saturé. Premier retour : deux mois d'attente. L'état de papa se dégradait, c'était impensable pour maman de le laisser ainsi. Elle a rappelé. Sophie, dans toute sa bienveillance, a compris et rappelé à son tour :

– Si ça ne va pas, allez aux urgences. Je tente de vous avancer. Je ne promets rien.

Quinze jours plus tard, un créneau s'était libéré : hôpital civil de Strasbourg.

Dans le bureau clair, c'était maman qui parlait. Pour la première fois, elle prenait la tête du récit : la douleur qui augmentait, les nuits sans sommeil, Tenerife et cette agressivité étrangère qui n'était pas lui, pas l'homme avec lequel nous vivions. Le professeur Marescaux a écouté longtemps, sans l'interrompre. Puis :

– Puis-je avoir la lettre de recommandation de votre médecin généraliste ?

Nous ne l'avions pas. Une seconde de vertige ; maman s'attendait à une remarque. Rien. Il a hoché la tête, bienveillant :

– Très bien. Quels examens sont prévus ? Revenez avec les résultats.

Dans cette phrase sans reproche, il y avait comme une planche jetée au-dessus du vide.

Le téléphone de la maison a trébuché sur la nouvelle. C'était la docteure Florence Weber. Les mots sont tombés net, sans poignée pour les retenir : cancer du pancréas. Maman s'est assise. Le silence qui a suivi faisait un bruit de verre cassé. Et Papa a écrit ces mots…

Nous sommes le mardi 20 janvier 2004. Il est 14 h. Je viens de déjeuner avec quelques uns de mes collaborateurs. L'une d'entre eux. Carmen très fière de ses origines espagnoles nous a concocté une paëlla digne d'un festin des mille et une nuit. Un sommet de l'art culinaire.

Pendant le repas, il a neigé. Le ciel et l'horizon se confondent. Il n'y a plus de couleur, tout est d'un blanc-gris à la fois pale et curieusement lumineux. Derrière moi le tumulte et le bruit de la grande ville semblent être étouffés par l'atmosphère apaisante. Devant moi les champs vides et les arbres nus. Ces derniers tendent vers le ciel leurs branches maigrichonnes rendues encore plus squeletiques par la neige qui les recouvre. On ne distingue plus les contours des choses. Il règne comme une sérénité intemporelle.

Je rentre dans ma voiture elle aussi recouverte de neige. J'ai l'impression de pénétrer dans un cocon de soie blanche et pure. Mon téléphone portable sonne et je ne reconnais pas le numéro qui s'affiche. Je décroche.

– Bonjour, docteur Florence Weber.

Un temps infinitésimal de silence. Elle enchaine.

– J'ai les résultats, la tumeur est cancéreuse.

– OK fais je d'un ton professionnel comme si je m'adressais à un quelconque de mes fournisseurs.

– Que fait on ?

– Il faut opérer.

– Quand ?

– Le plus vite.

– Vite ?

– Dans les prochains jours. Vous avez un rendez vous avec le professeur M. dans trois jours. Vous serez opéré dans les plus brefs délais.

– Très bien. Je dois m'organiser. Combien de temps cela va t-il durer ?

– Quelques semaines. Cinq à six maximum pour ce qui concerne l'opération en elle même.

Je n'entends déjà plus la fin de la phrase et commence à organiser dans ma tête une absence que je décide ne pas devoir durer plus de quatre semaines. J'ai déjà shuinté deux semaines. J'ai quarante ans et d'autres projets que de trainer sur un lit d'hopital.

La voiture démarre sans bruit. Les pneus accrochent sans problème sur la couche de neige fraiche. J'ai bien fait de faire monter des pneus contact il y a quelques jours me dis je.

Petit à petit j'ai le sentiment de laisser derrière moi un monde féerique nimbé de blanc pour rejoindre la réalité de la vie quotidienne. Je m'engage sur l'autoroute qui tel un cordon ombilical noir relie le sud et le nord de la ville recouverte par un fin voile de neige encore immaculée pour l'instant.

J'arrive au bureau et j'informe mes collaborateurs de mon absence à venir. Je ne leur cache pas qu'il s'agit du cancer car depuis quelques semaines ils sont au courant de mes problèmes de santé. Je commence à transmettre des consignes orales, puis j'enchaine avec quelques mails. Je vérifie mes dossiers, les annote le cas échéant.

Mon patron est mis au courant, ma femme aussi.

Dans ma tête, tout est clair. Je vais être opéré du pancréas. Le pancréas à la forme d'une poire de sept à huit centimètres de long. La tête d'un coté, la queue de l'autre. La tumeur selon le diagnostic du médecin fait un centimètre de diamètre et est situé sur la queue. C'est le bon coté. On coupe la queue comme on le ferait pour une appendicite.

Cela n'a pas traîné. Je dirais même que tout s'est enchaîné à une vitesse folle sans que nous ayons pris le temps de réaliser et digérer la nouvelle. Fin février, le jour de ses quarante ans, le professeur Marescaux a opéré papa. Odeur d'iode et de désinfectant, couloirs trop blancs, heures d'attente compactes ; nos respirations étaient comme comptées. L'intervention s'est passée au mieux : on a enlevé le maximum. Papa a écrit au chirurgien une lettre de remerciement – simple, droite – pour ces quatre années qu'il lui a données encore. Quatre années essentielles pour nous regarder, parler, apprendre à nous dire adieu sans cesser de nous aimer.

Quand nous sommes ressortis de l'hôpital, le vent de février sentait la neige et le métal des tramways. Nous avons respiré plus fort, comme si changer d'air pouvait changer la suite. Mais désormais, nous savions où nous marchions : sur un fil. Et sur ce fil, je tenais la main de papa très fort.

L'hôpital : première chute intérieure

Papa est resté quinze jours à l'hôpital après l'opération. Maman dormait à côté de lui, recroquevillée sur un siège en skaï qui grinçait et collait sous la fatigue ; elle rentrait juste par moments récupérer des affaires avant de repartir. Mamie Claire s'occupait de moi à la maison, avec ses mains tièdes qui sentaient la lessive et le potage : une chaleur posée sur notre peur.

Ma première visite a eu lieu en mars 2004. Les couloirs sentaient l'antiseptique, la lumière était trop blanche, une machine bipait comme un réveil impossible à éteindre. Papa était au fond du lit, sous perfusion, blanc et amaigri ; il parlait à peine. Il ne ressemblait plus à mon géant, celui qui me prenait sur ses épaules en Inde.

J'étais choquée. Alors, à la sortie, j'ai couru, couru. Maman a crié : « Constance, STOP ! », à cause des voitures et du passage piéton. Je me suis arrêtée d'un coup mais la violence était encore en moi, je devais faire quelque chose pour exprimer ma colère. Sur le bitume, il y avait des gravillons. J'en ai ramassé une poignée et je les ai jetés sur elle, en la regardant droit dans les yeux. Elle n'a rien dit, n'a pas crié : elle avait compris. Dans la voiture, pendant qu'elle m'attachait la ceinture, j'ai dit d'une voix dure :

– Tu m'as menti, papa est encore malade.

Pour un enfant, « *l'opération s'est bien passée* » ne voulait pas dire « *il va bien* ».

Le soir même, je devais dormir chez notre amie Sandrine. Elle m'a couchée dans la même chambre que Basile et Lucien ; la maison sentait la tarte et le bois ciré. Une fois au lit, je me suis mise à pleurer dans les bras de maman.

– Prends-moi avec toi… ou reviens me chercher après ton dîner.

Je la suppliais, j'avais peur qu'elle m'abandonne et je regrettais les cailloux. Maman m'a serrée très fort :

– Demain, première heure, je viens. On passera tout notre samedi ensemble.

Elle a fermé la porte ; j'avais le cœur lourd. Je voulais que mon papa revienne. Mon vrai papa.

Quelques jours plus tard, comme souvent après l'école, nous sommes retournées le voir. J'avais apporté un Uno. On a joué tous les trois, la tablette claquait sous les cartes. Je gagnais quand papa s'est énervé.

– Tu triches !

J'étais persuadée qu'il plaisantait, c'était bien son habitude. Mais là, nous étions loin de la blague. Il a jeté les cartes, m'a demandé de me lever, persuadé que je cachais des cartes sous mes fesses. Puis il a hurlé :

– Sors de cette chambre.

Je n'y croyais pas. Mon cœur s'est brisé en mille morceaux. À cinq ans, grande section, mon père me chassait pour une partie de Uno. Le papa qui m'aimait du plus profond de son cœur, celui qui m'avait toujours tout donné... C'est ça, le cancer, ça change tout, pour lui, pour ma mère, mais aussi pour moi. Personne ne m'avait préparé à ça, ne m'avait expliqué comment réagir face à ces réactions qui brisent le cœur en deux. Ma mère non plus n'a pas compris, personne ne l'avait préparé à ça non plus. Ma colère a flambé, sèche, chaude, non pas contre lui, mais contre le truc sans visage qui le transformait. Nous sommes sorties sans un mot. Pour me changer les idées, maman m'a emmenée acheter des sandales : je les ai toutes essayées, aucune ne m'allait. La douleur restait coincée dans ma gorge comme une lame.

La chimio : vivre autour

Papa est revenu quelque temps à la maison puis a commencé la chimiothérapie au centre Paul Strauss de Strasbourg. La docteure Ganenzia nous a reçus avec douceur et l'infirmière a expliqué le protocole :

cinq jours de cure toutes les trois semaines, au moins dix fois – six mois. En sortant, papa et maman étaient effondrés : la route serait longue. Ils ont compris aussi que le projet d'un deuxième enfant n'aurait pas lieu et qu'il fallait arrêter le dossier d'adoption. Un rêve a été rangé tout en haut de l'armoire. Le cancer nous avait aussi enlevé ça.

Un matin de printemps 2004, maman a déposé un plateau de petit déjeuner au pied du lit pour papa : tartines, tisane, un verre d'eau. Rien n'a bougé. Du seuil de la chambre, je regardais sans oser parler, puis j'ai craqué :

– Il ne mange pas !

Maman est venue chuchoter au bord du lit : « Croque quelque chose, pour donner le change. » Il n'a pas pu. Alors j'ai hurlé, les larmes plein les joues :

– Quand on ne mange pas, on meurt ! Si tu ne manges pas, tu vas mourir !

Ils ont essayé de me calmer. Maman m'a expliqué doucement qu'on pouvait ne pas manger quelques jours, mais qu'il fallait absolument s'hydrater. J'ai hoché la tête, mais la peur avait déjà planté ses ongles.

À partir de là, les matins d'école ont changé. Jusque-là, c'était papa qui me déposait avec ce défi quotidien : faire rire les maîtresses. Désormais, maman prenait le relais. Les séparations étaient difficiles : j'avais peur qu'il lui arrive quelque chose, qu'elle ne revienne pas. Elle me rassurait, me promettait de me retrouver le soir. Nous avons trouvé un compromis : j'allais à la fenêtre de la classe et nous nous envoyions des bisous et des signes de la main jusqu'à ce qu'elle franchisse le portail. Alors seulement, je pouvais m'asseoir.

Quelques jours plus tard, elle m'a demandé si je voulais parler à quelqu'un.

– Oui, parce que c'est grave.

Elle m'a emmenée chez un psy à Strasbourg, dans une grande pièce froide d'un immeuble ancien à moulures. J'avais accepté, mais face à cet inconnu, je ne voyais pas comment raconter ma vie ; on m'avait toujours dit de ne pas parler aux inconnus. Après la troisième séance, dans la voiture puis sur le trottoir, j'ai dit :

– Je ne veux plus y aller.

– Ton rendez-vous est dans dix minutes, c'est trop tard pour annuler. Si tu ne veux plus revenir, il faudra le dire.

Pendant la consultation, je n'ai pas osé. À la fin, j'ai couru chercher maman dans le couloir :

– Dis-lui, dis-lui… Je n'ai pas pu !

Elle a expliqué au médecin qu'elle le recontacterait seulement si j'en exprimais le besoin. La « thérapie » s'est arrêtée ce jour-là. Plus tard, elle m'a redemandé une ou deux fois si je souhaitais y retourner ; j'ai décliné. C'était trop difficile de parler à un inconnu.

Entre deux protocoles, quand papa allait un peu mieux, il mettait les bouchées doubles, comme pour rattraper les jours passés sous perfusion. Ces pauses étaient nos parenthèses de bonheur : on ouvrait grand les fenêtres, la maison respirait. (Par la suite, papa a été suivi longtemps par le professeur Borel, généreux de sa parole et de son temps.)

Cet été-là, nous n'avons pas voyagé, papa n'en avait pas les moyens physiques. Je passais du temps chez Tatie à Colmar ; avec ma cousine Morgane, nous restions des heures dans la piscine jusqu'à ce que nos doigts fripent. Le soir, je serrais un T-shirt de papa qui gardait son odeur : c'était ma manière de tenir sa main.

Tracer pour respirer – le ski

Pendant quelque temps, il y a eu de vrais moments d'accalmie où la vie reprenait toute sa place dans son corps et sur son visage. Lorsque c'était le cas, le week-end, papa m'emmenait au lac Blanc, dans les Vosges. C'était notre moment. Il m'avait appris à skier très jeune. La toute première fois, au Champ du Feu, j'avais répété tout le trajet, coincée dans mon siège auto :

– Je veux faire de la luge !

Lui s'obstinait avec le ski ; moi, je tombais exprès, encore et encore. Il s'est énervé, a rendu les skis, a pris une luge. On a ri tout l'après-midi. Nous avions gagné tous les deux.

Un samedi de février, nous sommes partis avec Léana, c'était sa deuxième journée de ski. Dans l'autoradio, un CD de Diam's tournait en boucle. Léana était comme une sœur, j'étais heureuse qu'elle soit là. Pendant la maladie, nous avions tout partagé, même nos bains. Sur le télésiège, je voyais la piste de compétition, ses tracés parallèles. À midi, quand les pros sont partis déjeuner, j'ai demandé :

– Je peux passer dans le tracé ?

Papa a acquiescé. Je me suis élancée : premier tracé de ma vie. La vitesse, le vent sur les joues, le crissement de la neige, j'étais libre. Je l'ai repris encore et encore jusqu'au retour de l'équipe.

– Tu penses que je peux le faire une dernière fois ?

Au départ, il m'a fait signe que oui. J'ai enchaîné mes virages quand une voix a claqué :

– STOP !

C'était un entraîneur. Papa a tenté d'esquiver mais on n'esquive pas un entraîneur.

– Mais c'est qui celui-là ? a lancé l'homme qui s'appelait Dany.

Il m'avait prise pour un garçon sous le casque et la combinaison. Papa s'est avancé, fier :

– C'est une fille. C'est ma fille !

Dany a hoché la tête :

– Elle skie très bien, elle a du potentiel. Elle ne voudrait pas intégrer le club ?

Papa n'en revenait pas ! Quelques semaines plus tard, Val Thorens, mon premier stage. J'avais six ans, j'étais la plus jeune, la seule avec ses deux parents. Normalement, les parents ne viennent pas… Mais Dany savait. Papa était malade et faible, mais il tenait à être là, à tout donner sans qu'on voie la maladie. Avril, presque que du hors-piste, des journées dures et magnifiques ; le soir, nous rentrions épuisés et heureux. Ces heures nous sortaient de l'hôpital, de la douleur, de la peur. Papa aurait voulu que je commence les compétitions ; je n'ai pas voulu. Sans savoir pourquoi. Ce jour-là au lac Blanc, je n'imaginais pas encore que tracer deviendrait plus tard mon exutoire pour accepter que tu sois parti, papa.

Parler de la mort – la promesse

J'avais huit ans quand tu m'as appelée dans la chambre. La lumière passait entre les rideaux et faisait des bandes pâles sur le parquet. On s'est allongés côte à côte sur le même lit, celui où je dors encore quand je suis chez maman. Le drap sentait la lessive, ta peau l'après-rasage et un peu le médicament. Ta voix était douce, presque chuchotée.

Tu m'as parlé de la maladie, de la suite, de tout ce que tu espérais pour moi. Tu m'as dit que tu n'allais plus rester très longtemps avec nous, que la maladie était en train de t'emporter petit à petit, qu'il n'y avait pas d'autre issue. Mais tu m'as aussi dit que tu serais là, tout au long de ma vie, jamais loin de moi. Que je pourrais te parler autant que j'en aurais besoin et que tu me répondrais par des signes.

J'ai serré ta main plus fort. J'avais peur de poser la question qui brûlait et en même temps je voulais te garder contre moi. Dans ma tête d'enfant, les mots « ne pas rester longtemps » tournaient en boucle. Alors j'ai cherché tes « signes » partout : un clignement de lampe, un merle trop près de la fenêtre, une coïncidence qui tombait juste. J'y ai cru dur comme fer. J'y crois toujours, d'ailleurs.

Cette honnêteté m'a aidée à accepter, même si je ne comprenais pas vraiment ce que voulait dire « mourir ». J'ai compris que tu serais avec moi autrement. Qu'il faudrait que je te trouve dans la vie d'après. On y croit ou on n'y croit pas ; moi, enfant, j'avais besoin d'y croire. J'avais besoin de continuer à t'imaginer après, de me dire que c'est toi qui allais encore me guider. Je ne pouvais pas juste te perdre et me dire que c'était fini.

Je suis sûre que, sans cet échange, rien de ce qui m'arrive aujourd'hui ne serait arrivé. Je n'aurais pas su voir tes signes, sentir que tu m'aidais. Je me serais moins posé de questions sur la suite de ma vie et sur ce que je devais accomplir sur cette planète avant de te rejoindre – le plus tard possible, comme on se l'était promis.

Été 2006 – quand la peur a changé de visage

Cet été-là, papa allait un peu mieux. Nous sommes partis dans le Sud avec les amis de Bretagne. Après Carcassonne, cap sur la Camargue, Le Cailar. Nous logions dans une maison d'hôtes ; le matin, la propriétaire nous a conseillé d'aller voir la sélection des taureaux dans un grand pré. Il y avait des familles, des enfants ; on se sentait en sécurité.

Soudain, un mouvement de panique. Les taureaux ont été lâchés, tout le monde a couru. Maman n'a rien vu venir, elle est restée. Un taureau l'a percutée par-derrière ; elle a chuté, la tête la première. Avec papa, j'ai couru dans la foule ; puis je suis revenue chercher maman. Dans le pré, un corps allongé : elle. Je me suis approchée ; elle ne bougeait pas. Mon cœur a gelé… J'ai cru qu'elle était morte.

Des gens l'ont relevée, l'ont assise ; elle a cherché papa des yeux, puis s'est évanouie de nouveau. L'ambulance est arrivée. En route, elle a fait une crise d'épilepsie ; l'ambulance s'est arrêtée. Papa a suivi en voiture. À l'hôpital de Nîmes, elle est restée deux jours, dans le coma, avec plusieurs côtes cassées et une commotion. Nous sommes allés la voir ; je me demandais si je n'allais pas perdre ma mère avant mon père.

À la sortie, elle était très faible. Les vacances n'étaient pas finies ; nous nous sommes installés dans un hôtel, près d'une piscine. Maman dormait presque tout le temps. Le soir, papa me brossait les cheveux longtemps pour m'endormir. J'adorais ce geste lent qui démêlait mes nœuds et calmait les pensées. C'était notre façon de revenir à la douceur quand tout autour faisait peur.

En septembre, je suis entrée au CP. Pour un enfant, c'est un grand changement. Pour moi, les changements étaient partout. Mais quand il me regardait depuis le bord d'une piste, quand il posait la brosse sur mes cheveux ou quand, le soir, je lui parlais tout bas pour guetter ses signes, je me sentais encore sa fille, entièrement.

2007 – la fatigue gagnait, le temps rétrécissait

À la rentrée cette année-là, j'ai commencé à étudier la flûte traversière avec Rachel, la responsable de l'école de musique d'Eschau. Maman voulait que je me mette à la musique le plus tôt possible. J'avais commencé avec l'éveil musical avant de pouvoir, à l'âge de sept ans, étudier un instrument. Des instruments, on en avait essayé plein. Je sais qu'elle aurait adoré que je choisisse le piano parce que c'était son instrument préféré. Mais j'ai choisi la flûte traversière. Elle n'a pas essayé à m'influencer. C'était moi qui allais jouer de cet instrument pendant presque dix ans et c'était donc à moi de choisir, pas elle. Le plus important, c'était que je choisisse l'instrument qui me plaisait.

Maman a toujours essayé de faire en sorte que tout ne tourne pas autour de papa et du cancer, même si notre vie était quand même beaucoup liée à ça. Elle veillait sans cesse à m'extraire d'un quotidien douloureux et éprouvant, elle voulait que j'entende une autre mélodie que celle de la douleur sourde du cancer. Elle m'emmenait à des spectacles. Elle m'avait inscrite à la danse, en modern jazz avec mes copines Léana, Mathilde et Charline chaque mardi soir. Grâce aux cours de musique j'ai rencontré Fanny, qui était aussi en CE1. On jouait souvent des morceaux de Beethoven en binôme. Quelques années plus tard, on a finalement demandé à prendre nos cours toutes les deux. Je pense même qu'on a continué la flûte pour se voir chaque semaine et être ensemble.

Chaque été, on partait en stage de musique à Salm, au début du massif des Vosges. C'était comme une colonie de vacances. Dès le lundi, on préparait un spectacle qui était présenté aux parents dans une église à la fin de la semaine. C'est là que j'ai rencontré Eva, Lune, Chloé et Elsa qui est devenue quelques années plus tard ma coloc à Paris. J'ai gardé tellement de bons souvenirs de ces semaines joyeuses en compagnie des filles. La joie, au milieu de la peur.

Fin juin 2007, ma mère avait besoin de se changer les idées. Elle est partie à un festival de musique, à Martigny, avec sa copine Annick. Je suis restée seule avec mon père pour le week-end. Elle est rentrée le dimanche en début de soirée. À peine arrivée, elle est sortie arroser le jardin. Je l'ai suivie et je lui ai dit : « C'est plus possible, tu ne peux plus me laisser seule avec papa. » Étonnée, elle m'a demandé ce qui s'était passé. Je lui ai expliqué que j'avais dû préparer des pâtes avec la grosse casserole trop lourde pour moi parce que papa était si faible qu'il ne pouvait pas sortir du lit. Elle a senti à ma voix que j'avais vraiment eu peur et elle m'a promis de ne plus partir.

Les dernières semaines – Ingersheim, la maison ouverte

Papa ne voulait pas mourir à l'hôpital, c'était hors de question. Pendant sa maladie, il a passé beaucoup de temps chez Tatie. Sa maison à Ingersheim, à côté de Colmar, se trouve à quarante-cinq minutes de chez nous en voiture. Elle est de plain-pied et médicalisée, puisque mon grand-oncle Jean-Louis était myopathe. Cette maison, c'était un peu comme une auberge espagnole, le QG de la famille.

Pour les médecins, une hospitalisation à domicile était alors envisageable. La prescription remplissait plusieurs grands cartons. Maman en a stocké une première partie dans le bureau. Lorsque papa les a vus, il a dit qu'il était inutile de chercher les autres cartons et qu'elle pouvait retourner ceux-là à la pharmacie : il n'en voulait pas.

Pendant les vacances de la Toussaint, je suis partie skier avec le club pour la première fois toute seule à Saas Fee en Suisse. À ce moment-là, mes parents sont restés à la maison. Papa souhaitait rencontrer une dernière fois ses amis, ses collègues de travail, toutes les personnes qui ont compté dans sa vie pour leur dire au revoir. À la demande de Marc, les amis sont venus à la maison. C'était un moment éprouvant pour eux, car ils savaient que c'étaient ses adieux. Maman est venue me chercher à Saas Fee, je suppose qu'elle avait besoin de s'aérer pendant que papa, trop affaibli, restait à Ingersheim chez Tatie. Il allait y passer les deux dernières semaines de sa vie.

Chez Tatie, une chambre est toujours disponible, la maison est toujours ouverte. C'est là-bas que papa était né, c'est là-bas qu'il mourrait. Papa a été accueilli affectueusement avec attention et bienveillance. Tonton étant dépendant en raison de sa myopathie, il y avait presque toujours quelqu'un en cas de besoin. Papa était très faible, nous comprenions tous que la fin était proche. La famille se mobilisait, les frères et sœur, les parents… tous se relayaient pour qu'il ne soit pas seul.

Pour soulager la douleur, mon père prenait des bains chauds à n'importe quel moment du jour ou de la nuit. Il ne pouvait pas entrer seul dans la baignoire… Son autonomie était terriblement réduite. Le bureau était devenu une chambre bis et accueillait pour la nuit le membre de la famille qui assurait « la permanence ».

La journée, mon père voulait sortir et il a réussi à le faire presque tous les jours. Ses frères l'accompagnaient à Colmar, la ville la plus proche. Il voulait vivre, faire des courses, acheter tout ce qu'il ne pourrait plus acheter, tout ce qu'il aimait et tout ce qui pourrait nous faire plaisir à ma mère et moi, pour aujourd'hui mais aussi dans dix ans. C'est comme ça qu'il a décidé d'acheter du vin, qu'on boirait en sa mémoire quand je serais en âge de boire, pour fêter mon bac, et tous les grands moments de ma vie, pour se rappeler qu'il serait encore un peu avec nous. Il est allé chez un caviste à Colmar et lui a demandé toutes les meilleures bouteilles de son magasin. Il a dépensé des milliers d'euros mais il était heureux, il en avait besoin, et personne ne lui a jamais dit de se calmer.

Souvent, ils sortaient juste tous les deux, mon père et ma mère, mais elle était inquiète. Elle n'avait pas la force suffisante pour le soutenir et craignait qu'il s'écroule. Le jeudi, dans un magasin de téléphonie où il a fallu attendre, il s'est assis à même le sol : il n'en pouvait plus. Ce jour-là, mon père et ma mère ont déjeuné ensemble une dernière fois, chez *Djerba la Douce*, où il a juste picoré un peu de semoule.

Le samedi 10 novembre a été le dernier jour de sa vie dehors. Il a décidé d'aller dans une bijouterie, symbolique. C'était là qu'il avait acheté le premier bijou à ma mère, une magnifique montre en argent. Dans cette bijouterie, il a acheté tout ce qui lui plaisait. Ma tante se souvient de l'inquiétude sur le visage de la vendeuse qui craignait que ce couple parte sans payer. Papa faisait emballer encore tel bijou et encore celui-là ! Il souhaitait couvrir maman de bijoux, une manière de lui dire je t'aime et de l'inciter à continuer à être belle et féminine comme il l'aimait.

Ce soir-là, nous avons dégusté tout ce qu'il y avait de plus cher, champagne, caviar, foie gras. Toute la famille était réunie pour ce dernier repas de fête. Le dimanche, il n'arrivait plus à s'alimenter et s'endormait à table. Malgré tout, il a demandé à sortir, retourner en ville. Ses frères ont été obligés de lui faire entendre raison. À compter de ce jour-là, il ne sortirait plus de la maison, il ne sortirait plus de son lit non plus. Moi, j'avais de plus en plus de mal à entrer dans sa chambre. Il ne bougeait presque plus, ne parlait presque plus ; parfois je me demandais s'il n'était pas déjà mort ou s'il… sentait la mort.

L'infirmière et la famille faisaient sa toilette. Maman se souvient, un soir lors des soins, il a émergé, a ouvert un œil et a dit : « Mais je suis encore là. » C'était la veille de sa mort. La morphine le soulageait, mais il était déjà ailleurs.

En septembre, il avait évoqué sa fin prochaine devant Tatie et ses frères et sœurs. Il leur avait dit : « Je n'ai pas peur de mourir, je sais où je vais. » Il ne voulait surtout pas que la famille pleure. Le même jour, il a lancé à Jean-Louis, le mari de Tatie : « Tonton, je vais crever avant toi », alors que l'espérance de vie de mon oncle était a priori moindre que la sienne. Un soir, Anne, ma tante, lui a proposé de dormir avec lui. Fier comme un coq, il s'est empressé de décliner : quelle idée ! Peu après, lorsqu'elle organisait son couchage dans le bureau, il est venu la voir et lui a dit finalement : « Je veux bien que tu viennes dormir avec moi. » Dernière nuit partagée, précieuse.

Jeudi 15 novembre 2007 – la neige

Ce matin-là, maman m'a déposée à l'école et elle est partie travailler mais elle n'a pas pu arriver jusqu'à son bureau. Elle a reçu un appel en chemin, l'état de mon père s'était encore aggravé et il fallait qu'elle vienne au plus vite à Ingersheim. Elle a fait demi-tour tout de suite. Le médecin est arrivé une heure après elle ; il a expliqué la situation et demandé comment elle voyait les choses. Papa avait tout prévu : pas d'acharnement, il était prêt pour son dernier grand voyage. La maison s'est vidée, Bernard était auprès de papa. C'est avec lui qu'il a décidé de partir, son grand frère, comme pour lui dire : « Je te laisse les rênes désormais. » Bernard est parti quelques minutes ; en revenant, c'était fini : papa nous avait quittés.

En sortant de l'école, comme souvent, je suis allée chez la grand-mère de Léana qui me gardait. Maman l'a appelée pour la prévenir qu'elle venait me chercher plus tôt. En arrivant, elle m'a dit : « On va à Ingersheim voir papa. »

Puis nous sommes parties à Ingersheim avec ma tante Anne. Sur la route, la neige s'est mise à tomber, comme pour apporter un peu de douceur dans ce que nous vivions. À mi-chemin, Bernard a appelé : « Vous n'avez pas besoin de rouler trop vite. » Il ne l'a pas dit, mais on a compris : papa venait de rejoindre les étoiles. J'ai alors demandé à Anne : « Qu'est-ce qui se passe ? Papa est mort ? » Elle ne savait pas comment me répondre. Elle a fini par me dire qu'il ne serait peut-être plus en vie lorsque nous arriverions. J'ai passé toute la route dans les bras de ma tante, collée sur sa poitrine, elle me caressait les cheveux et je sentais les spasmes de ses sanglots, ils résonnaient dans ma tête.

À Ingersheim, j'ai couru dans la petite allée, ouvert la porte d'entrée, traversé le salon plein de monde. « Où est mon père ? » Personne ne m'a répondu. Personne ne disait rien. Mais quels mots employer finalement pour un enfant ? Pour dire à une petite fille qu'elle ne reverrait plus son père ? Je ne sentais ni mon corps ni mon cœur qui battait sûrement pourtant à tout rompre. Devant le silence des adultes, incompréhensible et insupportable pour moi, j'ai hurlé : « Où est papa ? » J'ai foncé dans sa chambre en criant : « PAPAAAA ! » Personne n'a essayé de m'arrêter. J'ai ouvert la porte : il était là, allongé sur son lit. Mort. Ce qu'il m'avait expliqué quelques mois plus tôt venait de se produire. Ce 15 novembre 2007 à 18 heures, j'ai perdu mon père à l'âge de neuf ans. Même s'il m'avait préparée, je ne pouvais pas m'arrêter de pleurer. Je comprenais que c'était la dernière fois que je le voyais et qu'ensuite ce serait à moi d'essayer de le trouver dans ses signes.

Nous nous sommes tous réunis autour de papa, avons prié dans le calme. Puis la famille est partie et on est restés tous les trois un long moment, papa au milieu, maman à sa gauche et moi à sa droite. Je me suis collée à lui. Il commençait à être froid ; j'ai mieux compris ce qu'il m'avait dit sur la mort. Son âme était partie. Nous avons dû sortir de la chambre pour rejoindre tout le monde. Des messieurs sont venus le chercher ; en pleurant j'ai demandé : « Ils sont qui ? Ils emmènent où mon papa ? » On m'a expliqué du mieux possible la suite.

Dans la soirée, on est sortis prendre l'air. La neige s'est remise à tomber. J'ai su que c'était toi, papa. Ces flocons, c'était ton premier signe : « Je suis là, Constance, ne t'en fais pas, je suis bien arrivé là-haut. » Ce soir-là, j'ai compris que la neige et la montagne seraient nos repères, notre endroit à nous, celui où tu serais toujours là.

Les vœux de papa – la cérémonie et l'au revoir

Les trois jours qui ont précédé l'enterrement, je les ai passés chez ma tante Anne. Elle travaillait dans une crèche et je me suis occupée des enfants avec elle. L'odeur tiède du lait, les petits chaussons qui couinaient sur le linoléum, les pleurs qui montaient puis retombaient comme des vagues. Tout cela me berçait, m'occupait les mains. Quand je portais un bébé, je pensais très fort à toi pour ne pas trembler : si je le serrais trop fort, c'était parce qu'il fallait que quelque chose tienne encore.

Papa avait préparé minutieusement la cérémonie qu'il voulait, je le cite : « Sereine, sans pleurs inutiles, avec si possible des moments de partage et de joie. » Il en avait rédigé le déroulement, étape par étape. Dans mes souvenirs, les feuilles sentaient le feutre noir et la décision prise.

Tout le monde devait porter des vêtements de fête, des couleurs, et surtout pas de noir. Il ne voulait ni fleurs ni couronnes, mais des dons à des ONG s'occupant d'enfants dans le monde.

« Les enfants sont notre avenir, a-t-il écrit, ils transmettent la vie. Dans mes espoirs les plus fous, je rêve d'une éducation comme celle que nos enfants ont dans notre pays. »

Il avait choisi la musique et les titres résonnent encore comme des balises : « Night In White

Satin » des Moody Blues, « Imagine » de John Lennon, « The Power of Love » de Frankie Goes to Hollywood, « Le Messie » de Haendel et le « Requiem » de Mozart. À l'église, je voyais les vitraux dessiner des carrés de couleur sur le sol pierreux ; la cire des bougies sentait le miel froid ; les premières notes ouvraient une place dans ma poitrine où la douleur pouvait s'asseoir.

Son souhait était que chacun reçoive une rose à l'entrée de l'église. « La rose sera accompagnée d'une photo de moi dos tourné (au passé), regard portant au loin aux confins, l'horizon (le futur), les deux pieds dans le sol (le présent). » Son message était très clair : on vit en s'adossant au passé, en se fixant des objectifs pour l'avenir, mais en cherchant à profiter au plus de l'instant présent.

Les tiges piquaient un peu la paume ; je respirais les pétales comme si je pouvais y retrouver ton odeur. Dix-sept ans plus tard, certains l'ont encore chez eux. Tatie m'a toujours dit qu'elle pensait que papa avait la foi, qu'il croyait à l'Évangile de Jésus-Christ avec l'amour avant tout.

« Je veux être incinéré et mes cendres seront déposées à plusieurs endroits. Si possible sur le plus haut sommet de chacun des 7 continents. »

J'entendais cette phrase comme une carte au trésor : des montagnes très loin, et l'idée que, quoi qu'il arrive, je pourrais te retrouver là-haut.

Ce jour-là, je portais une robe gris foncé avec des pois bleus brodés, que j'avais choisie moi-même. Les couleurs autour de nous faisaient une mosaïque : pas un cortège noir, mais une foule de fêtes retenues, comme tu l'avais demandé.

J'avais tenu à jouer de la flûte traversière à l'église. Je me suis levée, j'ai contourné le cercueil. Rachel m'a accompagnée, elle allait jouer avec moi. Elle m'avait bien dit que ce n'était pas une obligation, que je pouvais renoncer au dernier moment. La tête de ma flûte était froide, le métal goûtait un peu le sel sur mes lèvres. J'ai monté les trois marches de l'autel sans ciller. J'ai joué de mon mieux. Au deuxième souffle, mon air s'est posé. Je ne voyais plus que le bois lisse du cercueil et, derrière mes paupières, ta promesse : tu serais là autrement. Alors j'ai tenu la note plus longtemps, pour que tu l'entendes bien.

L'église était pleine. Certains restaient dehors, serrés dans l'air froid, mais on devinait qu'ils écoutaient quand même. À chaque silence entre deux morceaux, j'entendais mon cœur taper comme un tambour d'enfant. J'avais neuf ans et ma musique était ma façon de dire au revoir.

À la fin, maman et moi nous sommes levées ; comme tu l'avais écrit, nous avons marché derrière le cercueil, tous les trois pour la dernière fois.

À la sortie, chacun avait reçu sa rose et la photo. Je l'ai glissée contre moi, un dos tourné vers le passé, le regard portant au loin : j'essayais de voir ce que tu voyais.

Ensuite, chez Tatie, je tenais l'un de tes T-shirts, ton odeur collée à moi. J'avais supplié qu'on ne le lave jamais. Cette nuit-là, je l'ai gardé roulé sous mon menton, comme un oreiller secret. J'ai dormi pendant des mois avec, par peur d'oublier.

Rentrer à deux

Quelques jours plus tard, nous étions rentrées. La maison avait un son nouveau : le chuintement du chauffage, un craquement de parquet, l'horloge de la cuisine qui appuyait les secondes comme pour nous rappeler d'avancer malgré tout. Son T-shirt que je gardais contre moi sentait encore sa peau et un peu de lessive. Le lit avait gardé l'empreinte d'une épaule. Tout était pareil et tout avait changé.

La première matinée, j'ai demandé de faire un jeu avec moi.

– Je n'ai pas le temps, je dois faire le repas.

Elle tentait de me répondre de la voix la plus normale possible mais plus rien n'était normal. Et, du haut de mes neuf ans, je n'étais pas dupe, je pouvais entendre son cœur se briser à chaque minute qui passait sans papa.

Dans la cuisine, la casserole frémissait, l'oignon fondait dans le beurre, la radio parlait tout bas. Je savais que si je la laissais seule avec ses gestes, elle s'écroulerait peut-être. Alors j'ai inventé une bouée.

– Promis maman, tu peux continuer la cuisine : on va faire le jeu des questions. Tu réponds oui ou non.

– D'accord.

Je me suis installée dans la véranda, là où la lumière d'hiver était la plus claire. La vitre avait de la buée, j'y ai dessiné un cœur du bout du doigt avant d'ouvrir mon carnet. Le feutre grinçait légèrement sur le papier. J'ai respiré très fort pour que la phrase soit droite, pour que ma voix ne tremble pas quand je lirais.

– Prête ?

– Oui.

Alors j'ai posé les deux seules questions qui comptaient au monde :

– Est-ce que tu m'aimeras toujours ? Est-ce qu'on sera toujours ensemble ?

Le temps s'est arrêté dans la cuisine. Le couvercle a cliqueté, la cuillère en bois est tombée contre le bord de la casserole, et maman avait compris que ce n'était pas un jeu. Elle a tout posé – le torchon, le couteau, sa respiration – et m'a serrée très fort. J'ai enfoui mon visage dans son pull qui sentait la farine et la lessive.

– Je t'aimerai pour toujours et tu pourras toujours compter sur moi, c'est promis.

Ses mots se sont déposés comme une couverture chaude sur mon dos. J'ai senti son cœur battre contre ma joue – son bruit était redevenu apaisé et apaisant –, le mien s'est calé dessus, un peu moins affolé lui aussi. Elle a tenu ses promesses. Elle a joué pour deux.

Huit jours après, je retournais à l'école – un jeudi, comme le jour où il était parti. L'air piquait le visage, la cour sentait la laine mouillée et la craie. Léana avait prévenu les autres camarades ; ils avaient été d'une gentillesse incroyable. Elle m'a pris la main sans parler. La maîtresse m'a simplement souri plus doucement que d'habitude. Parfois, le monde tient debout grâce à une meilleure amie et à un silence bienveillant.

Ce qui demeure

Depuis, je sais où chercher : dans la neige qui tombe sans bruit, dans la montagne qui se dresse, dans le vent qui pique les joues. Les signes qu'il m'avait promis viennent quand je trace entre les piquets, quand mon souffle siffle et que la peur se tasse, quand la pente m'emporte et qu'une paix nette s'ouvre en moi.

Papa, tu avais dit : « Je serai là. »

Je le sens. Et déjà, sans le savoir, je me mettais en route vers les Sept Sommets où voyageraient tes cendres, et avec elles mon cœur.

Chapitre 3

De mes 9 ans à mes 22 ans

Un mois après le décès de papa, un soir à table, les fourchettes tintaient encore, comme dans une maison qui réapprenait à vivre. J'ai levé la tête :

– Je suis prête, je veux faire de la compétition.

Maman ne s'y attendait pas. Elle a pris très vite les choses en main pour que je commence rapidement. Elle a compris que c'était important pour moi, que c'était ma manière à moi de me rapprocher de papa. J'avais compris que la neige nous réunirait pour toujours, qu'elle serait notre monde, notre refuge. Et je savais qu'en montagne, il serait avec moi. Quinze jours après, j'étais sur les pistes.

Le Tanet :
premier départ, première preuve

Et puis tout a commencé. Un matin, nous nous sommes retrouvées dans la voiture, en route pour la Tanet, une petite station vosgienne qui n'existe plus aujourd'hui. Il était 6 h 30, on s'était levées à

5 heures. Il faisait nuit et froid, mais j'étais heureuse : on arrivait en montagne. Par la fenêtre, je voyais la neige. Je pensais à toi, papa, à tout ce qu'on s'était dit : tu serais avec moi ce jour-là, c'était sûr – pas physiquement, mais tu serais là.

Dans la voiture, déterminée, sûre de ma force, décuplée par ta présence, j'ai fini par dire à maman :

– Je serai sur le podium.

Je n'ai pas ajouté « j'en suis sûre », mais je le pensais au plus profond de moi. Elle m'a regardée sans rien répondre. Elle était inquiète, elle n'osait pas me le dire. Elle avait peur que je sois triste et déçue. Elle savait pourquoi j'étais là et que ce serait dur si je n'y arrivais pas.

Après deux heures de route, on est arrivées à la station : il y avait du monde partout. On a récupéré nos dossards, on s'est échauffées, puis est venue la reconnaissance du tracé. Je ne l'avais jamais fait de ma vie. J'essayais d'enregistrer chaque porte et je réalisais que ce serait plus dur que prévu.

La compétition a démarré. Au départ, j'étais toute seule ; toutes les autres petites filles étaient accompagnées par leur papa : derniers conseils dans le casque, sangles serrées d'une main assurée. Je comprenais qu'à toutes mes compétitions ce serait comme ça : seule au portillon. Je m'efforçais de me dire qu'il n'était pas loin. Mais lui ne pourrait jamais préparer mes skis comme les autres.

Les filles avaient des paires d'entraînement et de course ; leurs skis, fartés et affûtés, brillaient sous la neige. Moi, j'avais des skis de location du

Sport 2000 et personne pour me les préparer. Je m'en occupais seule, avec mon sérieux d'enfant.

Mon tour est arrivé. Je me suis placée devant le portillon. *Bip*... *Bip*... L'officiel a soufflé :

– C'est quand tu veux.

Je me suis élancée. Le monde a filé très vite. Mes jambes travaillaient, ma tête ne pensait plus. Je croyais n'avoir commis aucune faute, mais avais-je été assez rapide ? Dernière porte... la ligne... et soudain, des cris. Je l'avais fait. J'étais deuxième. Podium pour ma première compétition. J'étais trop heureuse, maman encore plus que moi – elle n'y croyait pas. J'avais bien fait de t'écouter, papa.

La deuxième manche s'est passée de la même manière : encore 2e. J'ai attendu la remise des prix comme on attend un miracle. J'allais pouvoir monter sur le podium. On allait appeler mon nom : Constance Schaerer – le nom de mon père, imprimé le lundi dans le journal. Ce jour-là, j'ai gagné deux coupes, une pour chaque manche. Elles trônent encore sur l'étagère du salon.

Pendant presque dix ans, de décembre à mars, nos week-ends ont ressemblé à celui-là. J'ai vite eu, moi aussi, mes skis d'entraînement et de compétition ; le samedi soir, je les préparais seule pendant que maman me faisait des pâtes « pour la course ». C'était chargé, oui, mais ces journées d'air glacé nous faisaient respirer. Et moi, à chaque départ, je te sentais là – pas devant la barrière, mais juste derrière mon épaule.

Choisir la voie

Dès la première année, j'ai été sélectionnée pour les championnats de France, les Coqs d'Or, à Megève. Maman m'a accompagnée. Je n'ai pas fini la première manche : je suis tombée quelques portes avant l'arrivée et je suis partie en ambulance. Tout allait très vite sur la piste : souffle court dans le casque, cuisses qui brûlaient, dernière porte qui approchait… puis la faute, et le silence. Dans l'ambulance, je serrais les dents ; je pensais à toi comme on s'accroche à une corde.

Cette chute a surtout marqué une rencontre : Manon. Même âge, même peur, même obstination. Elle était aussi tombée durant la course : elle, le genou ; moi, le coude. On s'est souri comme on signe un pacte. Alsacienne, excellent niveau, elle s'entraînait déjà en sport-études dans les Alpes. Quelques années plus tard, elle est rentrée en Alsace et a choisi mon club avec Dany. On a passé tous nos stages ensemble, inséparables, les 400 coups. Qu'est-ce qu'on a rigolé. On a pleuré aussi, parce que le haut niveau, c'était exigeant et vraiment difficile, mais ça forgeait un mental d'acier. On en a eu toutes les deux nos périodes de moins ; les accepter, c'était savoir se remettre en question et retourner travailler quand on avait envie d'arrêter. Entre nous, ce n'était pas la compétition : c'était l'émulation, toujours vouloir le meilleur l'une pour l'autre.

Je ne suis jamais entrée en sport-études, même si on me l'a proposé quand j'étais en classe de troisième. On en a discuté avec maman, qui pensait que la filière classique me conviendrait mieux. La filière sport-études demandait d'aller au lycée de Gérardmer, à cent cinquante kilomètres de la maison, en internat, pour préparer le concours de monitrice. En plus, cela voulait dire que j'allais changer d'entraîneur. Je n'ai pas insisté. Je pense que c'était le bon choix. Je n'aurais de toute façon jamais pu intégrer l'équipe de France, je n'avais pas le niveau requis. Et je ne sais pas non plus si la vie d'athlète était pour moi, j'ai toujours eu envie de faire mille choses. Le sport est un besoin et une passion, mais il ne représente pas tout non plus dans ma vie.

Je ratais forcément beaucoup l'école, entre les stages de ski et les compétitions, ça devait représenter environ deux mois par an. Pourtant, c'était toujours aux deuxième et troisième trimestres que j'avais les meilleures notes, les périodes où j'étais le plus au ski. Je pense que ce n'est pas un hasard, quand j'étais à l'école, j'étais vraiment concentrée car je savais que, si je n'intégrais pas le cours maintenant, je ne pourrais pas le faire pendant ma compétition. C'était bénéfique pour moi, le sport. C'était surtout aussi notre deal avec ma mère, pas de bonnes notes, pas de ski, j'avais besoin du ski donc je devais avoir des bonnes notes.

Ce pacte nous tenait droites, elle et moi : je fartais mes planches, elle vérifiait mon carnet. Le soir, je révisais avec, encore, dans les oreilles, le chuintement de la neige. Papa, je t'entendais me dire d'avancer, d'apprendre, de tenir la trajectoire, sur la piste comme dans la vie.

Quand je suis rentrée en seconde, ma mère aurait aimé que j'intègre la classe euro. C'était la meilleure classe du lycée qui préparait le mieux pour les études supérieures. Sans grande surprise mais avec une légère déception, j'ai été refusée à cause de mes absences. Je n'avais pas forcément envie d'être prise… mais je n'aimais pas l'échec.

Pendant mon année de seconde, j'ai intégré le circuit FIS (principalement FIS Citadine), ce sont des compétitions internationales de ski. J'ai continué à louper les cours mais mes notes n'ont pas baissé, je m'accrochais. Tout le temps. J'avais 15 de moyenne, j'étais dans les cinq premiers de la classe. À la fin de l'année, on a eu un appel du professeur principal de la classe euro, au téléphone il nous a dit : « Est-ce que Constance souhaite intégrer la classe euro ? »

L'année suivante, j'intégrais cette fameuse classe euro (en S). Ma mère était aux anges, moi un peu moins. Je me suis sentie complètement perdue, pas à ma place, le niveau était radicalement différent, les professeurs étaient moins sensibles à mon emploi du temps lié aux compétitions, j'ai dû calmer le rythme, travailler plus. Mes résultats au ski étaient moins bons, pour ne pas dire médiocres, c'était frustrant.

C'était aussi le moment de réfléchir à la suite, qu'est-ce que j'allais faire après ? La prépa s'est vite imposée comme le meilleur choix. En terminale, bien consciente que c'était mon dossier qui ferait la différence pour avoir la meilleure prépa possible, je travaillais vraiment beaucoup plus. Et je me souviendrai toujours d'une note de ma prof de maths. Je faisais une partie de programme de maths en anglais ; je vous laisse imaginer quand on n'est pas très matheuse avec un niveau d'anglais basique…

Elle m'avait mis une note catastrophique, que je n'avais pas bien comprise. Je suis allée la voir à la fin du cours pour essayer de comprendre et aussi lui expliquer que je souhaitais intégrer une classe prépa à la rentrée et que mes notes de mathématiques étaient importantes. Elle m'a répondu : « Tu n'intégreras jamais une classe prépa. » Cette phrase m'a profondément touchée. La seule chose que je me suis dite en sortant : « Je vais intégrer une classe prépa et ce n'est pas toi qui vas m'en empêcher. »

Cette colère-là ressemblait à celle des cailloux autrefois : elle m'a tenue. J'ai serré les dents et j'ai travaillé. « Garder la ligne », je me le répétais comme au départ d'un slalom.

J'étais dans le bain quand les résultats sont tombés. J'ai hurlé à ma mère, elle est arrivée en courant et elle s'est assise sur le petit tabouret bleu où mon père me faisait mes nattes quand j'étais petite. Je ne suis même pas sortie du bain, on a regardé tout de suite. Et là, les larmes de joie, j'avais réussi, j'étais prise dans deux excellentes prépas. La meilleure prépa de la région au lycée Kléber en ECS et une prépa encore mieux classée à côté de Lille, au lycée Saint-Jean-de-Douai. Tu ne peux pas savoir comme j'ai pensé à toi papa, si fort. De nos échanges sur le lit, de mes études, de ce que tu voulais pour moi, j'avais passé la première étape. J'aurais aimé vivre ce moment avec toi, j'aurais aimé que tu me félicites, que tu me prennes dans tes bras. Maman était fière pour deux, tellement fière.

Mais elle ne s'attendait pas une seconde à ce que je lui dise dans la foulée que j'allais partir à Douai. Elle a tenté de me convaincre… en sachant bien que, lorsque j'avais un objectif dans la tête, il était difficile de m'en détourner.

– Mais, Kléber, c'est une excellente prépa, tu ne veux pas rester ici ?

– Non, j'ai une meilleure prépa que Kléber, j'irai dans la meilleure.

Je te l'ai promis en silence, papa : choisir la voie la plus exigeante, pas par orgueil, mais pour me donner toutes les chances.

Douai : apprendre la rigueur, trouver ma tribu

En août 2016, quelques jours avant mes dix-huit ans, j'ai quitté Strasbourg, ma mère et mes amis pour m'installer à Douai. Petite ville du Nord, pas vraiment touristique, mais on n'était clairement pas là pour ça. Pour la première fois de ma vie, j'entrais en internat. J'étais contente : j'allais découvrir autre chose, rencontrer de nouvelles personnes. On m'avait toujours répété que les années d'études étaient les meilleures ; je suis partie avec cette idée-là.

Très vite, j'ai compris que ce ne seraient pas « les meilleures ». Pour la première fois, je peinais à me faire des copines. L'univers était à l'opposé de tout ce que j'avais connu. Douai était une prépa privée élitiste : les meilleurs professeurs des prépas parisiennes venaient y dispenser leurs cours. Autour de moi, des étudiants de « très bonnes familles ». Moi, je venais d'un petit village et d'un lycée entouré de champs. Pour les cours, c'était pareil : leurs lycées les avaient déjà un peu préparés ; moi, je découvrais tout et j'étais larguée, surtout en maths.

Dès les premières semaines, je n'ai plus suivi le professeur qui nous préparait déjà à HEC. Ici, l'objectif était simple : top 5, ou tu refais une année. Comme je ne comprenais pas grand-chose la journée, j'essayais de rattraper le soir. De toute façon, c'était étude obligatoire jusqu'à 22 heures, en salle d'étude. Loin des années « super fun » à faire la fête. En revanche, j'y ai appris à travailler comme je ne l'aurais jamais appris ailleurs. J'avais connu l'exigence et la rigueur avec le ski, là, c'était un autre niveau.

Heureusement, la vie m'a offert quelques rencontres décisives. Je me souviens de Lisa : on s'est croisées un soir, après la cantine, dans les toilettes, elle était en ECE. On a vite ri et on est devenues inséparables. Elle m'a présenté Diane : nous avons formé un trio de choc. On passait notre temps dans le minuscule studio de Lisa – treize mètres carrés littéralement – et il nous est même arrivé de dormir toutes les trois dans sa « chambre » de quatre mètres carrés. Ce n'était pas grave : on n'en a gardé que de bons souvenirs. L'année suivante, aucun doute : on se mettrait en colocation toutes les trois. Dans ma classe, j'ai aussi rencontré Sabine, Agathe et Clémence, Sabine et Clémence deviendraient d'ailleurs nos colocs de l'étage du dessous.

À Douai, particularité : on passait déjà les concours en fin de première année ; deux années de programme en une seule, pour être mieux préparés l'année d'après. En juin 2017, j'ai donc passé mes premiers concours d'écoles de commerce. Sans grande surprise, ce ne fut pas glorieux, je crois que j'ai eu 4 en maths HEC. Comme une dizaine d'étudiants de ma classe, je suis repartie l'année suivante en première année ECE, où les maths étaient vraiment beaucoup plus faciles. Après seize heures de cette matière par semaine pendant un an à ne rien comprendre, c'était un vrai bonheur.

En septembre, on s'est installées avec Diane et Lisa dans un appartement de cent vingt mètres carrés : un vrai luxe pour nous, mais la ville n'était pas chère. On s'est même offert une pièce réservée au travail avec nos trois énormes bureaux, chacun face à un mur.

Tous les soirs, on enfilait nos casques antibruit, parfois même les boules Quies par-dessous, après avoir englouti un repas en cinq minutes et s'être octroyé vingt minutes de renforcement musculaire : l'unique sport de ma journée quand, avant, j'en faisais trente-cinq heures par semaine. Quitter le ski a été difficile, même si j'étais arrivée au bout de quelque chose. Les grands changements, je trouve, font toujours vaciller. Je m'accrochais à l'idée que mon père rêvait que je fasse de grandes études pour avoir tous les choix ensuite. Je sais qu'il avait raison. Alors je me suis accrochée jusqu'au bout ; parfois, j'appelais maman en pleurant, mais je ne lui ai jamais dit que j'allais arrêter. Jamais. Il était hors de question de la décevoir et de ne pas écouter la voix de papa.

Juin 2018 : concours numéro deux. Après deux années à ne faire que travailler, je me répétais qu'il fallait que cela passe. C'était essentiel car je n'aurais pas eu le courage d'en faire une troisième. J'ai tout donné. Je visais Grenoble pour retrouver la montagne, elle me manquait terriblement. Mais ça n'a pas marché. En voyant mes résultats – cette note d'anglais, alors que je pensais avoir rendu la meilleure copie de ma vie –, je me suis dit qu'une année de plus ne servirait à rien : ces concours sont trop aléatoires. J'ai essayé de relativiser, malgré nos professeurs qui nous avaient « matrixés » pendant deux ans avec le top 5. Je reste persuadée aujourd'hui que ton école ne définit pas toute ta vie. À l'époque, c'était un très gros échec à avaler.

Mais, avec le recul, je ne regrette pourtant pas d'être partie : en école, c'est à toi de mener ta barque pour aller là où tu veux vraiment.

Dans ces années serrées comme un slalom trop court, j'ai appris la patience et la détermination. Chaque fois que je doutais, je pensais à toi, papa. Tu m'avais promis des signes ; je les lisais dans ce que la vie m'imposait : tomber, se relever, repartir. Autrement, mais encore.

Bordeaux : créer, grandir

En septembre, j'ai intégré KEDGE Business School à Bordeaux. Quatre années pour me retrouver, refaire le plein d'énergie, de sport et d'élan. Très vite, l'associatif est devenu ma maison : cinq associations – un record officieux – où j'ai appris à monter un projet, à tenir un budget, à faire vivre une équipe, à conduire une idée jusqu'au bout. Avec Camille, nous avons lancé une marque de sacs banane écoresponsables, fabriqués à partir de chutes de tissu inutilisées. J'ai découvert que j'étais faite pour créer et développer ; j'avais mille idées à la seconde, comme si le temps, pour la première fois, me laissait un clair espace dans la tête. Et si une idée ne marchait pas ? Ce n'était pas grave. L'élan comptait. Souvent, quand une porte s'ouvrait, j'avais cette impression très nette : *tu es là, papa*, comme un signe discret que j'avançais dans la bonne direction.

Il y a eu aussi les amitiés qui s'ancrent : Maria, Clara, Sixtine, Eva… La première année, je vivais place de la Victoire, dans un minuscule studio sous les combles, écrasé de chaleur l'été. L'année suivante, j'ai déménagé à deux pas de la place de la Comédie, dans un appartement lumineux. Bordeaux me donnait l'élan de continuer.

Césure et Guerlain : Bruxelles, l'intensité heureuse

Quand la Covid est arrivée, j'ai regagné Strasbourg. Trois mois avec maman, une parenthèse souple et simple, dans un cocon ouaté. Nous avions l'envie et le besoin de partager notre amour, notre affection, notre tendresse. C'est donc tout naturellement que sommes allées à la SPA : Emire, braque allemand moucheté de neuf ans, a sauté dans le coffre à peine ouvert. Il était des nôtres. Cette joie très pure, encore une, m'a semblé un clin d'œil de toi.

Puis j'ai commencé ce que j'appelle une césure : six mois dédiés à mes associations, puis, à partir de juillet, un stage à l'international obligatoire pour valider mon master, l'échange en Chine ayant été annulé par la Covid. Je visais le groupe LVMH, idéalement la cosmétique. Les semaines se sont empilées, j'ai envoyé des centaines de candidatures. On me répétait : « Les marques de luxe ne prennent qu'en deuxième stage, la concurrence est énorme… » Encore une fois, je n'ai pas lâché.

Un jour, sur Facebook, l'annonce a surgi : « Stage de 6 mois en marketing à Bruxelles chez Guerlain ». J'ai écrit dans les dix minutes. Réponse le jour même. Entretien quelques jours plus tard. L'attente a été longue, très longue… Puis l'appel de Sixtine, ma manageuse : « On avait gelé le stage à cause de la Covid, mais j'ai eu le go… et c'est toi que j'ai choisie. » Les larmes me sont montées aux yeux. J'ai su que tu n'étais pas loin, papa. J'ai entendu ton *vas-y* silencieux.

Fin juin 2020, je suis partie pour la Belgique. J'ai emménagé chez Valérie : un appartement magnifique, des soirées à parler sur le balcon ou accoudées au bar de la cuisine. Le stage était passionnant et dense : je suivais tous les magasins vendant la marque en Belgique et au Luxembourg, sans jamais me tourner les pouces. Le soir, avec les stagiaires de Dior, Kenzo, Givenchy, on allait boire un verre. C'est là que j'ai rencontré Sandra. Elle aussi avait perdu son papa d'un cancer ; la connexion a été immédiate, évidente, nous habiterons plus tard ensemble à Paris.

Le 8 janvier 2021, j'ai quitté Guerlain et Bruxelles pour revenir à Bordeaux. Avec Clara, Maria et Eva, nous avons monté une grande coloc. Les cours passaient en visio, les discussions filaient tard. Clara avait, elle aussi, perdu son père ; nous savions de quoi nous parlions. Ces liens solides, chauds étaient encore des signes que la route était la bonne.

Une lettre, un vertige

En février, avec Emma (KEDGE), nous avons cherché un séjour solidaire utile. Pas un « attrape-touristes ». Un mois à éplucher les pistes, à rédiger des lettres, à téléphoner. Fin mars 2021, nous avons choisi l'association FEID en Tanzanie, sur des missions d'éducation auprès des enfants. En avril, nous avons réservé nos billets et commencé à rêver le voyage.

C'est dans ces conditions et perspectives qu'est arrivé ce fameux 22 mai 2021. Après un déjeuner chez Tatie, nous sommes rentrées avec maman. Dans le bureau, j'ai ouvert cette BD du professeur Marescaux que je n'avais jamais feuilletée. À l'intérieur, ta lettre. Celle de papa. « *Je souhaite que mes cendres soient dispersées sur le plus haut sommet de chacun des sept continents.* »

Le monde a vacillé ; mon cœur s'est arrêté net avant de repartir trop vite. Je ne savais pas encore que, quelques semaines plus tard, je serais – par le plus grand des hasards – à moins d'une heure du Kilimandjaro.

Trois jours plus tard, à Bordeaux, j'ai parlé de cette lettre à Maria et Clara. Un ami de la famille, qui avait bien compris ma folle intention, m'a mise en garde : « Ce n'est pas une randonnée. C'est très difficile, près de 6 000 m, on ne s'y lance pas du jour au lendemain. » J'ai rangé l'idée… *provisoirement*. Mais elle a continué de battre dans ma poitrine, au rythme de ton vœu.

L'alternance : la suite se dessine

En parallèle, je préparais ma rentrée à Paris. Des dizaines d'entretiens chez Dior, Chanel, Givenchy… Souvent deuxième. Je n'ai pas renoncé ; j'ai élargi aux vins et spiritueux : deux ans chez AOC à KEDGE m'avaient donné des bases. En juin 2021, la bonne nouvelle est tombée : une alternance en trade marketing chez Moët Hennessy Diageo France à partir de septembre, exactement ce que je cherchais ! Les grands événements des marques de champagne – Festival de Cannes, Grand Prix de Monaco, Roland-Garros – et l'hôtellerie de luxe, les restaurants étoilés. C'était juste. J'ai éprouvé cette joie particulière, nette : *tu valides, papa*. La suite était prête ; je pouvais partir en Tanzanie l'esprit libre.

Kilimandjaro – cinq jours pour te porter au ciel

Le 3 juillet, à la veille du départ, j'ai préparé mes valises avec maman. Elle insistait : « Prends des affaires chaudes, un sac de couchage, un soft-shell… » Comme si elle savait. Moi, je n'avais pas encore décidé. En vérité, au fond, je crois que si… J'ai glissé un petit sachet dans une poche : une poignée de cendres. J'ai refermé la valise. Et j'ai senti très fort – calme, évidente – ta main dans mon dos.

4 juillet 2021, il était 16 heures et notre avion décollait, en route vers la Tanzanie, en route vers l'inconnu, en route vers une nouvelle vie pour moi, même si j'étais encore loin de me douter de tout ce qui allait se passer là-bas. Après un arrêt à Doha, nous avons finalement atterri 24 heures plus tard sur le sol Tanzanien.

Dès l'arrivée, tout s'est aligné dans ma tête comme un ciel qui se découvre : être si près du Kilimandjaro ne pouvait pas être un hasard. C'était un signe. Chaque nuit, je glissais le petit sachet contre mon cœur, je le serrais très fort, et les larmes ne s'arrêtaient pas. La montagne m'obsédait ; je dormais à peine tant l'appel du sommet me traversait.

Au bout d'une semaine, j'ai soufflé à Emma : « Je vais y aller, je vais tenter l'ascension du Kilimandjaro. » Elle a décliné, je crois qu'elle a eu peur. C'était un gros défi physique, un vrai coût et, peut-être, cela devait-il être notre tête-à-tête, papa : pour la première fois depuis ton départ, juste toi et moi.

Le jour, avec Emma et Iris, nous préparions des cours et parlions d'environnement à des classes pleines d'enfants curieux. Le soir, je basculais ailleurs. Avec le propriétaire de la maison et le président de l'association, j'ai organisé l'équipe : un guide, des porteurs, un cuisinier. J'avais mille euros d'économies, maman complétait. On a choisi la voie Marangu, la « Coca-Cola road », la plus courte. Le 23 juillet, Emma a pris une dernière photo de moi à Arusha : je suis partie seule et c'est la meilleure décision de ma vie. Oser, pour toi, pour moi, pour apprendre ce que veut dire vivre pleinement : liberté, apaisement, calme, la certitude d'être enfin à ma place.

Jour 1 – Mandara Huts (2 720 m)

Le 24 juillet était le jour du grand départ, le début d'une expédition qui allait durer cinq jours et me permettre, je l'espérais, d'atteindre le toit de l'Afrique pour te déposer là-haut.

À la porte du parc national du Kilimandjaro, nous avons passé un peu plus de deux heures à peser les sacs et à valider les permis : le rituel d'entrée dans une autre vie. La jungle était humide, vert sombre ; la terre sentait le fer et la pluie. Après trois heures de marche, le souffle s'est calé, les questions ont monté : est-ce que j'en étais capable ? Est-ce que mon corps supporterait l'altitude, le mal aigu des montagnes ? Je réalisais que j'allais marcher cinq jours d'affilée, ce qui ne m'était encore jamais arrivé. Je me disais que ça n'allait pas être si facile. La montagne ne répondait pas, mais elle écoutait.

À 16 h 15, nous sommes arrivés au premier camp et j'ai découvert ma petite hutte où j'allais passer ma première nuit seule. C'était entièrement en bois : un lit superposé juste en face, deux lits au sol à droite et à gauche. J'ai choisi le lit du haut, j'ai sorti mes affaires et mon sac de couchage pour m'installer. Le soleil se couchait, la température chutait. J'ai compris que je n'avais pas assez de vêtements chauds et que mon sac de couchage n'était pas adapté. Je me suis dit : « C'est comme ça, tu ne vas pas mourir de froid non plus, et ça fait partie de l'aventure. » Je suis ensuite passée par la salle commune où d'autres équipes dînaient. Mon équipe n'était composée que de moi et je ne me voyais pas manger seule. J'ai traversé le camp jusqu'à la tente de mon guide, du cuisinier et des porteurs pour leur demander si je pouvais manger avec eux. « Normalement, c'est interdit. » J'ai insisté. Ils m'ont fait une place. Riz brûlant, rires simples, chaleur des voix : j'ai eu le sentiment de vivre pleinement cette expérience dès le premier soir. Après le repas, je suis retournée dans ma petite hutte. Il n'y avait plus de lumière, pas de réseau, aucun moyen de communiquer avec qui que ce soit. La nuit a été longue, pas vraiment reposante : un peu de peur, oui, mais surtout beaucoup d'écoute.

Jour 2 – Horombo Huts (3 720 m)

Le réveil a sonné à 6 h 30 et, contre toute attente, je me sentais beaucoup mieux : mes jambes flottaient et la lourdeur de la veille s'était dissoute. J'avais hâte d'entamer cette deuxième journée. J'ai ouvert la porte de ma petite hutte et le brouillard a avalé le camp. Nous avions la tête dans les nuages et je ne distinguais même pas la hutte à vingt mètres. J'ai enfilé ma veste de pluie, l'air collait à ma peau, le froid me piquait les joues et l'odeur mouillée de terre et de bois montait de partout. J'ai gagné la salle commune, il n'y avait qu'un couple près de moi.

Le cuisinier m'avait préparé un super petit déjeuner sans gluten ni lactose. Il a posé les assiettes, j'ai goûté, j'ai bu, j'ai laissé la chaleur me remplir, et je me suis sentie gâtée.

Après ce repas, nous sommes partis vite : la journée devait être plus longue que la veille. À 8 h 30, nous marchions dans la brume avec le sourire aux lèvres et nous chantions des musiques tanzaniennes, surtout *Jambo Bwana*, très connue en Tanzanie, qui rythmait notre périple. Nos voix rebondissaient contre l'humidité, nos bâtons claquaient et nos pas crissaient sur la pierre humide. Vers 11 heures, je sentais que nous commencions à sortir des nuages.

Je guettais la lumière et j'avais hâte de découvrir les paysages, sans savoir encore à quel point ils seraient différents d'hier, si verts et tropicaux.

À midi, nous sommes passés au-dessus des nuages et la clarté nous a enveloppés. Le décor avait complètement changé, plus aride ; les arbres se raréfiaient, les couleurs tiraient vers les jaunes, et la mer blanche en contrebas se confondait avec l'horizon. Le vent caressait mes tempes, la sécheresse picotait mes lèvres et le paysage paraissait presque idyllique.

Après un peu plus de sept heures d'ascension, nous avons atteint le camp 2, à 3 720 m : le Horombo Hut. À l'arrivée, nous avons pris la photo rituelle devant le panneau qui indiquait ces informations et la suite du parcours ; nous avions, une fois encore, la tête dans les nuages. Le prochain arrêt se trouvait à 9 km de là : le dernier camp avant la grande ascension vers le sommet.

Ce deuxième camp était bien plus grand que celui de la veille. Les huttes ressemblaient à de petites maisons, les chambres à des dortoirs, et des espaces communs offraient lavabos et toilettes. J'ai déposé quelques affaires et je suis partie goûter car en expédition, on mange vraiment davantage. On m'a apporté une assiette de pop-corn, j'ai saisi une poignée, j'ai senti le sel sur mes doigts, j'ai mordu dans le croustillant, et j'ai laissé ce goût d'enfance me réconforter. Assise sur la terrasse, au-dessus des nuages, j'ai respiré lentement ; je savourais chaque seconde de ces moments coupés du temps et je me sentais merveilleusement bien.

Nous sommes repartis ensuite grimper un peu pour l'acclimatation avec mon guide : monter puis redescendre aidait le corps à s'adapter. L'air me piquait la gorge, mon souffle trouvait son rythme, et mon guide a vu très vite que je n'avais aucun problème à m'acclimater ; par chance, je me sentais incroyablement bien.

Avant le repas, je me suis installée sur la terrasse pour le coucher du soleil. La lumière a adouci les pentes, le froid a gagné mes mains et la réalité de ce que je vivais m'a atteinte d'un coup : je grimpais le plus haut sommet d'Afrique pour que tu reposes là-haut. Pour la première fois, je prenais la mesure de la taille du projet, pas seulement arriver là-haut, mais respecter tes dernières volontés. J'écoutais du piano, les notes entraient dans ma poitrine et les larmes se sont mises à couler. Tu me manquais terriblement ; ce temps suspendu me faisait sentir l'injustice de ton départ si tôt et combien j'avais encore besoin de toi. Je te sentais tout près, comme si monter me rapprochait de toi, et je murmurais ton nom pour ne pas te perdre.

Après le dîner, j'ai dit à mon guide que je ne souhaitais pas faire de journée d'acclimatation le lendemain. Je voulais continuer vers le dernier camp, comme pour te rejoindre plus vite. J'ai pesé ma décision, j'ai écouté mon corps, et je me suis sentie capable ; j'allais vraiment bien.

De retour à ma chambre, on m'a apporté une bassine d'eau chaude pour me laver les pieds ; la chaleur a détendu la poussière du jour, mes orteils ont soupiré et mon corps a remercié ce geste simple. Je me suis glissée dans mon sac de couchage et j'ai essayé de dormir. Les images du coucher de soleil ont traversé la toile, les pensées ont afflué et elles ne m'ont pas quittée de la nuit.

Jour 3 – Kibo Hut (4 720 m)

Le lendemain matin, le ciel s'était dégagé et le froid restait vif, mais la lueur du jour et les couleurs m'ont vite réchauffée. J'ai mangé une omelette, j'ai croqué trois bouts de pastèque, j'ai goûté la pomme de terre et les galettes traditionnelles ; nous avons rangé nos affaires et nous sommes partis vers le dernier camp.

Nous avons serpenté pendant des heures sur un petit chemin, puis nous avons rejoint une longue ligne droite qui n'en finissait plus. Autour de nous, le décor paraissait désertique ; je n'ai plus vu d'arbres, je n'ai plus trouvé de végétation et j'ai marché avec l'impression d'avancer sur la lune. Malgré le soleil, la température est restée froide et nous avons avancé de moins en moins vite. L'altitude a commencé à se faire sentir ; j'ai senti ma tête s'épaissir et j'ai compris ce que j'avais lu sur Internet et ce que l'ami de maman m'avait dit.

Mon guide a répété « Polé, Polé », qui signifie « doucement » ; j'ai suivi sa cadence, j'ai ralenti et j'ai multiplié les pauses. Je n'ai pas cherché à aller vite, je n'ai suivi aucune ligne de départ. J'ai écouté mon corps et j'ai profité du chemin.

Après six heures d'ascension, j'ai vu apparaître au loin le dernier camp : le Kibo Hut, à 4 720 m d'altitude, presque la même altitude que le sommet du mont Blanc. Le sourire aux lèvres, j'ai regardé le camp se poser dans le minéral comme un vaisseau. J'ai senti malgré tout que je marchais sur une autre planète et que ma tête restait dans un léger brouillard, mais le reste allait bien et j'ai gardé confiance, parce que nous devions partir cette nuit pour le sommet.

J'ai pensé à toi et j'ai répété en moi la promesse de te porter là-haut. J'ai compris que, cette nuit-là, j'allais toucher l'incroyable sensation d'arriver tout en haut d'une montagne, et j'ai su surtout que tu allais reposer là-haut à tout jamais.

Nuit du 27 juillet 2021 – l'ascension

« Nous étions le 27 juillet 2021, il était minuit et nous voilà partis, mon petit papa. Partis pour tenter d'atteindre le toit de l'Afrique pour toi. Je pense que cette nuit-là je n'ai jamais autant pensé à toi, chaque

pas, chaque respiration, j'avais l'impression que tu les vivais avec moi. Nous étions en connexion et malgré la difficulté de cette nuit-là je n'ai rien ressenti d'autre que de l'apaisement et de la joie. De te sentir derrière moi à me pousser, à m'encourager. Nous étions pendant plus de six heures dans la nuit noire jusqu'à arriver au Gilman's Point à 5 681 m et là le soleil a commencé à se lever et j'ai compris. Compris pourquoi tu me faisais vivre ça, pourquoi j'étais là, pourquoi je devais continuer ce projet. La dernière heure, je ne pouvais plus m'arrêter de pleurer, pleurer parce que je réalisais que j'allais y arriver, que nous allions y arriver ensemble, pleurer parce qu'un enfant ne devrait jamais avoir à disperser les cendres de son papa, parce que la maladie n'aurait pas dû t'emporter. Pleurer parce que je réalisais qu'un petit bout de toi allait être pour l'éternité sur le plus haut sommet d'Afrique. Pleurer parce que j'étais en train de réaliser ta dernière volonté, le plus bel hommage que je pouvais te faire, et surtout celui que tu méritais. Pour l'incroyable papa que tu as été durant les neuf premières années de ma vie. »

Le noir se déchire, une lueur tranche la crête. Le froid mord les doigts, mais la joie chauffe de l'intérieur. Les pas deviennent prière, la respiration, un fil tendu entre nous deux.

Au sommet, j'ai senti l'inoubliable. Tu reposais sur mon cœur ; j'ai levé les yeux vers le ciel ; je me suis éloignée pour que ce moment n'appartienne qu'à nous. J'ai ouvert le petit sachet, j'ai versé une petite poignée de tes cendres dans ma main ; j'ai tendu le bras, j'ai regardé ma main et l'éternité ; j'ai ouvert la main et tu es parti. Tu t'es envolé sur le toit du Kilimandjaro. On l'a fait, mon petit papa ; on a réussi.

Je suis restée sans bouger de longues minutes ; le guide est venu et il a dit qu'il fallait redescendre. J'ai quitté le sommet à reculons, j'ai voulu retenir le lieu encore. J'ai affronté la descente, longue et difficile ; j'ai pensé à maman, j'ai voulu lui dire, j'ai repris mon souffle ; j'ai trouvé une barre de réseau ; je lui ai écrit : « Papa est au sommet » ; j'ai ajouté un cœur et la photo. Le lendemain, elle a écrit ce mail qui a changé le cours de ma vie.

Le 28 juil. 2021 à 19 h 53, Marie Schaerer a écrit :

« Bonjour à tous,

Avec ténacité, courage et beaucoup d'émotion, Constance a exaucé hier le vœu de Marc : disperser ses cendres sur les sommets.

Constance avait comme projet estival de faire un séjour humanitaire en Tanzanie. Peu avant son départ, en lisant une lettre que Marc avait rédigée peu avant sa mort, elle a eu connaissance de son souhait et a décidé de l'exaucer ! Un véritable défi !

En arrivant en Tanzanie, elle a organisé son trek de 5 jours pour atteindre le Kilimandjaro à près de 6 000 m d'altitude.

Un très beau challenge dont Marc doit être fier de là-haut ! Bravo ma poulette, tu m'impressionnes !

Nous souhaitions partager ce moment avec vous.

Bises à tous et un bel été... sur des sommets peut-être.

Marie »

Les réponses ont afflué. Chaque ligne semblait remettre du sang dans mes veines, chaque interligne rapprochait papa de nous.

« C'est une belle émotion que tu nous offres là, Constance, et un magnifique hommage à notre Indi national (cf. Indiana Jones), notre Higgins (cf. Magnum) et, surtout, notre super ami Marc, qui nous manque tant et souvent. Et son rire contagieux aussi.

Bisous à toutes les deux,

Sandrine »

« Bonjour Marie

Merci d'avoir partagé avec nous ce moment incroyable ! J'en ai la chair de poule... Elle va très haut cette petite Constance et ira loin avec son ange gardien, qui doit être hyperfier, de là où il est, comme nous le sommes tous.

Nous pensons tellement souvent à Marc – il nous accompagne.

Nous vous embrassons toutes les deux,

À bientôt

Manue Jeoren & cie »

Deux jours plus tard, à la même heure, où la lumière baisse et où la mémoire remonte, un autre mail est tombé. Pas un simple écho : un sésame. Il ouvrait une porte cachée dans l'histoire de papa, et derrière cette porte, son projet entier respirait encore.

« La vie est parfois étrange. L'autre jour, je faisais le ménage dans mes courriels (oui, cela m'arrive de faire le ménage, même dans mes courriels) et je suis tombé sur un courriel de 2005, quand Marc m'avait parlé de gravir cinq sommets sur cinq continents. J'avais contacté plusieurs personnes du monde de l'aventure de l'époque pour nous filer un coup de main, dont Mike Horn (bien avant qu'il ne soit connu et ne fasse de la TV). C'est surtout avec sa femme Cathy (qui depuis est décédée d'un cancer) avec qui j'étais en contact.

Super nana, d'une gentillesse aussi extrême que les aventures de son mari.

Je ne me souviens plus s'il avait pu le contacter.

Schmoutz »

Le message était suivi d'un échange archivé, intact comme une fiole d'air ancien : la trace concrète d'une trajectoire interrompue.

Bonjour Christophe,

Merci pour votre mail. Nous sommes désolés pour le retard de cette réponse, mais nous sommes submergés avec des engagements et aussi le déménagement du bureau et maison en même temps !

Vous pouvez dire à votre ami de contacter Mike via email ou téléphone, il serait mieux, s'il le peut, d'attendre un mois – il aura plus de chances de trouver Mike à la maison !

Avec mes salutations,
Cathy Horn

Message original

From : « clies »
To : mike. horn@xxx
Subject : Félicitations

Date : Fri, 4 Mar 2005 11 h 41 :

« Bonjour Mike,

Je t'ai vu l'autre soir sur TV5 dans l'émission de Ardisson. Bravo pour tous les défis que tu as entrepris et cela avec une gentillesse et un humour extraordinaires. Je te contacte par ce mail pour la raison suivante. J'ai moi-même touché un peu à des sports extrêmes (mais comparativement à ce que tu as fait, je suis probablement le champion de ma rue et pas plus) mais là n'est pas l'objet de ma requête. J'ai un ami dans le début de la quarantaine. Petite vie de famille avec femme et adorable petite fille de 7 ans, cadre supérieur dans une banque. Il y a un an : douleurs au dos, opération et on réalise que c'est un cancer du pancréas qui ne s'est pas limité au pancréas malheureusement. Année horrible mais il a fait preuve d'un courage extraordinaire et vient juste de rentrer d'une semaine de ski en haute montagne exactement un an après son intervention chirurgicale. Lui vivant en France, moi au Canada, nous n'avions pas eu l'occasion d'échanger beaucoup au sujet de cette "aventure". Je le vois il y a 2 semaines et il m'annonce vouloir continuer à se battre, faire des choses pouvant servir de modèles à toutes les personnes atteintes de ce type de maladie, surtout faire quelque chose de VRAI de sa vie.

Son projet :

- *arrêter la banque*
- *se lancer dans l'aventure d'escalader cinq sommets sur les cinq continents*
- *écrire un livre racontant son aventure et voire faire des colloques de présentation*

Son message sera de lutter quoi qu'il en coûte. Néanmoins, ce type d'expédition ne se monte pas tout seul et facilement et nous contactons différentes personnalités du monde de l'aventure afin d'avoir des conseils et du support pouvant amener de la visibilité médiatique car comme tu le sais, cela coûte cher. Ma requête est simple : peut-il te contacter afin de bénéficier de certains de tes conseils dans une telle démarche. Je me doute que tu dois avoir de nombreuses demandes et que ton temps est précieux mais quand j'ai entendu ton histoire, je me suis dit qu'il pourrait y avoir un écho chez toi. Je trouve son projet extraordinaire et je m'en serais voulu de ne pas avoir essayé d'avoir ton aide.

Merci beaucoup pour ton écoute.

Christophe Lies
Canada »

En lisant ces mots, j'ai enfin compris. J'ai compris son projet, ce qu'il avait voulu, pourquoi il avait demandé que ces cendres soient dispersées sur les plus hauts sommets. C'était en fait son projet de gravir ces sommets. Je n'en avais encore une fois jamais entendu parler… Je n'arrivais pas à y croire, ce mail changeait tout, absolument tout.

Il changeait tout pour moi aussi car ça allait plus loin qu'un simple défi, c'était une ode à la vie, c'était un projet pour toutes les personnes atteintes de cancer comme lui, c'était beaucoup plus grand qu'un projet personnel : il voulait montrer que, quoi qu'il se passe, peu importent les difficultés rencontrées dans la vie, il faut continuer à se battre et à se fixer des objectifs.

Après la lecture de l'email, je ne pouvais plus faire machine arrière, je ne pouvais plus m'arrêter là. Alors j'ai écrit à maman, presque sans respirer, comme on jette un fil pour ne pas retomber :

« *Je suis tellement contente de l'avoir fait maman, tellement contente, ça a tellement de sens pour moi, encore plus maintenant. Je pense que c'est vraiment important pour moi que je fasse ça pour lui.* »

Et, soudain, tout s'est aligné. Ce 31 juillet 2021, ma décision était prise : j'allais mener à bien *ton* projet, mon petit papa. J'allais tenter de gravir les Sept Sommets en ton hommage, en l'hommage de toutes les personnes décédées d'un cancer. Tu m'avais dit, quand j'avais huit ans, que tu m'enverrais des signes. La lettre dans la BD. Le Kilimandjaro à une heure d'Arusha. Ce mail de 2005. Comment appeler cela autrement qu'une main posée dans mon dos ?

Restait à répondre à la question la plus essentielle : pour qui porter tout cela, et *comment* être juste.

Tu avais souhaité le faire pour les personnes atteintes de cancer. Je ne l'ai pas vécu dans mon corps, je ne pouvais pas, à leur place, me poser en modèle. Mais j'ai vu le cancer t'emporter, jour après jour. J'ai grandi avec cette absence-là. J'ai compris que ma place était auprès des enfants qui vivent cela : ceux dont l'un des parents est malade, ceux qui l'ont perdu. Les aider à ne pas se croire seuls, à mettre des mots, à tenir debout quand le monde se dérobe.

J'ai cherché une association en France entièrement dédiée à cet accompagnement. Rien. Le vide. Alors j'ai décidé d'aller frapper à la porte d'une grande association nationale, de proposer la création d'un pôle pour les enfants. Parce qu'au fond, je le sais aujourd'hui : *moi aussi, j'aurais eu besoin d'être accompagnée*. Maman a été formidable, mais à l'école personne ne vivait ça, et je n'ai jamais voulu revoir la psy. J'ai tout gardé pour moi et j'ai transvasé le trop-plein dans le ski, ce sport que tu aimais tant.

Mi-août 2021, mon plan était prêt. Il fallait l'annoncer à la famille, mettre le projet au jour, devant tous. Chez Tatie, à table, je me suis lancée :

– J'ai quelque chose à vous dire : je vais réaliser le rêve de papa, gravir les Sept Sommets en son hommage et pour tous les enfants qui ont vécu la même chose que moi.

Le silence a tenu d'abord, dense, long. Trop long. Bernard et Laurent, tes frères, m'ont regardée avec la peur de deux papas : ils ont tenté de me dissuader, inquiets du danger, de l'ampleur. William, mon cousin, et ma tante Anne m'ont soufflé : « Vas-y. ». Tatie était inquiète, mais elle respectait mon choix. À la fin du repas, personne n'était vraiment convaincu que j'irais jusqu'au bout, mais la nouvelle, elle, était sortie de moi comme on tire la voile d'un bateau : le vent pouvait enfin s'y prendre.

En rentrant, j'étais heureuse. D'avoir osé parler. D'avoir rendu le projet concret. Restait une dernière chose : rencontrer Mike Horn et lui dire ces mots, comprendre si papa avait pu l'appeler, si quelque chose avait commencé. J'ai écrit sur ses réseaux, sur ceux de ses filles.

Aucun retour et c'est normal ; je sais maintenant ce que c'est d'être submergée de messages. Mais la graine était semée.

Le chemin, lui, était clair : des sommets, des enfants à soutenir, et ta main, papa, dans mon dos. Toujours.

Faire courir la flamme

Après l'annonce à la famille – cet étrange silence autour de la table, ce mélange d'inquiétude et d'amour – il fallait du courage pour continuer seule à tirer le fil. Je me répétais : si la voie est la bonne, papa mettra des signes. Ils sont arrivés comme des cailloux blancs.

Le 29 octobre 2021, ma cousine Océane m'a envoyé un lien : Mike Horn donnait une conférence à Genève le 1er décembre. Ma première pensée a été mesquine, fatiguée : « C'est peut-être un peu trop loin pour… une conférence. » Oui, j'habitais Paris désormais et j'avais commencé mon alternance chez MHD début septembre. Les semaines me happaient.

Pourtant, au bout de quelques jours, quelque chose s'est remis à battre plus fort. Trop loin ? Pas pour un rêve qui me dépasse. J'ai appelé maman : avait-elle des plans le week-end du 1er décembre ?

– Non.

– Tu aimerais m'accompagner à Genève pour remettre le mail de Christophe ?

Sa réponse a jailli dans la seconde :

– Oui.

Ce *oui* m'a soulagée comme une main chaude sur le cœur. Cela voulait dire qu'une fois encore elle me suivrait, malgré sa peur, qu'elle continuerait d'être à mes côtés. Et ce rendez-vous résonnait d'autant plus fort que Mike Horn a, lui aussi, perdu sa femme d'un cancer : nos histoires se frôlaient. Alors, portée par ce soutien, nous avons décidé d'annoncer le projet à tous les amis de papa.

« Bonjour à toutes et à tous,

J'espère que vous allez bien !

Je me permets de vous recontacter aujourd'hui car après mûre réflexion j'ai décidé d'exaucer le rêve de papa : réaliser le challenge de 7 sommets.

Tout d'abord parce que l'ascension du Kilimandjaro a été certainement pour moi une des meilleures expériences de ma vie et que je n'ai pas ressenti de difficultés particulières pendant l'ascension. Mais aussi grâce à des mails que certains d'entre vous ont pu me transmettre et qui m'ont sans aucun doute confortée dans mon idée : vouloir faire vivre papa sur les toits du monde.

Cependant, pour que mon projet puisse être mené à bien, je ne vais pas pouvoir le faire seule, ou du moins pas en totalité. C'est pour cette raison que je vous écris aujourd'hui. En effet, j'aurais besoin de récolter un maximum d'informations sur le projet de papa, ses objectifs, ses recherches et les personnes qu'il a pu contacter à l'époque (s'il y en a eu).

Ensuite, je vais devoir m'entraîner (beaucoup), alors si certains d'entre vous ont le temps et l'envie d'aller faire des trails en semi-montagne/montagne/haute montagne (ou tout autre type de sports), que ce soit sur une demi-journée/journée/week-end, contactez-moi je serai ravie de me joindre à vous.

Enfin, et comme vous vous en doutez, c'est un projet qui coûte cher (environ 130 K) et je vais avoir besoin de partenaires. J'ai déjà un certain nombre d'entreprises à l'esprit que je solliciterai lorsque mon plan d'attaque sera sur pied. Mais toute aide est bien entendue bienvenue : vos suggestions, les contacts à me transmettre d'entreprises qui seraient intéressées par ce genre de projet, les contacts dans les entreprises où vous exercez etc.

Cet argent sera nécessaire pour plusieurs raisons. Bien entendu pour les ascensions, mais aussi car j'aimerais faire des reportages, avoir un poids médiatique (à la télé si vous avez des contacts, je suis preneuse, ainsi que sur les réseaux sociaux). Et enfin, et sans doute le plus important, j'aimerais le faire évidemment pour papa et pour la recherche contre le cancer et pour les enfants qui ont vécu la même chose que moi.

Juste pour vous donner une idée, à l'heure actuelle, 14 Français ont réalisé ce challenge ! Je n'ai pas trouvé le nombre exact de femmes, mais certainement pas plus de 5, et sans aucun doute je serai la plus jeune.

Merci à tous pour votre aide, elle me sera bien plus précieuse que vous ne le pensez.

Marc et Constance »

Le lendemain, j'ai poussé la porte du monde : j'ai créé @7sommets_constance sur Instagram. Raconter l'hommage, la cause, l'entraînement ; faire vivre papa « sur les toits du monde ». Début novembre, tout était annoncé. Et je me suis heurtée au réel : partir de zéro, ne connaître personne, ignorer comment approcher des sponsors, apprendre à raconter juste sans trahir. Et puis mon rythme : trois semaines à Paris, une à Bordeaux, un poste prenant, peu d'air pour ce projet immense. J'avançais la nuit, dans les interstices, avec cette certitude intérieure : quand il m'arrive de bonnes choses, c'est que je suis sur la bonne voie – que tu marches, papa, quelque part derrière moi.

Le 16 novembre, un autre signe, discret, décisif. Agathe, ma camarade de prépa, m'a envoyé un lien pour participer à *Ça commence aujourd'hui* (France 2). Thème : « J'ai retrouvé une lettre qui a changé ma vie », son message était accompagné de ce petit mot : « FOOONCE ! » J'ai souri devant l'évidence et, oui, j'ai foncé. Quelques jours plus tôt, j'écrivais que je voulais parler à la télé. Voilà l'ouverture. J'ai pensé au courrier de 2005, à Cathy Horn, à cette chaîne d'êtres qui avaient porté ton rêve. J'ai cliqué.

À Genève, je remettrais la lettre. À l'écran, je porterais la voix. Et, coûte que coûte, je poursuivrais le vœu : sept sommets pour toi et pour les enfants qui apprennent trop tôt à vivre avec l'absence.

Chapitre 4

Du plateau aux sommets ou les rencontres qui déplacent les montagnes

Étais-je tout à fait prête ? Gravir un sommet m'effrayait moins que de passer à la télévision. Je connaissais cette émission… mais de loin ! J'hésitais beaucoup. L'idée de déposer sur un plateau télé ce qu'il y avait de plus intime en moi me heurtait. Étais-je capable de le faire, en avais-je seulement envie ?

Sous les projecteurs

Ça commence aujourd'hui cherchait des personnes prêtes à raconter l'événement qui a renversé leur vie pour, peut-être, éclairer le chemin des autres. Devant cette invitation qui ressemblait à une porte entrouverte, je suis restée un moment immobile, partagée entre la pudeur qui me retenait et l'intuition très claire que, si je voulais vraiment porter ce projet jusqu'au bout, il me faudrait apprendre à parler haut et clair, sans trembler.

La nuit, comme souvent, met de l'ordre dans mes pensées : au réveil, quelque chose s'est déplacé, une décision s'est posée, douce et ferme à la fois. Alors j'ai ouvert mon ordinateur, j'ai relu les consignes, copié l'adresse d'Alex (Réservoir Prod) et j'ai écrit, les mains un peu moites, le cœur qui battait :

« Bonjour, je me présente, je m'appelle Constance Schaerer. J'ai 23 ans et je suis en école de commerce et ancienne skieuse de haut niveau... »

Quelques heures plus tard, une notification est tombée : Alex m'avait répondu, me remerciait pour mon mail, disait qu'il était très intéressé et proposait d'en parler de vive voix ; je n'en revenais pas. Le lendemain, nous nous sommes appelés : sa voix simple m'a tout de suite mise à l'aise. Il a sans doute senti mon trac. Je lui ai raconté en détail les derniers mois, il a longuement écouté avant de conclure : « C'est une sacrée histoire, j'espère vraiment que tu pourras en parler dans l'émission. »

Il m'a expliqué la suite : je devais tourner une courte vidéo d'1 min 30 où je me présentais et présentais mon projet ; l'équipe ferait sa sélection. J'ai filmé, envoyé, attendu. Le lundi 29 novembre au matin, le mail est arrivé : j'étais sélectionnée ! Une nouvelle interview a suivi pour préparer le plateau et j'ai transmis toutes les photos et vidéos demandées. On m'a indiqué la date : tournage le vendredi. J'étais aux anges ; je savais que l'émission rassemblait plus d'un million de téléspectateurs chaque jour. Un million de personnes à toucher… à concerner…

Un taxi m'a déposée devant le studio ; j'étais très intimidée mais j'ai essayé de ne rien montrer. Dans les loges, on m'a coiffée et maquillée, j'étais déjà prête, ils ont simplement retouché, affiné et je me suis trouvée vraiment jolie, ce qui m'a donné un peu de force. Le plateau ressemblait à un grand salon, fauteuils clairs et tapis doux, à la seule différence que des caméras veillaient, lourdes et silencieuses, sur les côtés. Faustine Bollaert, un vrai rayon de soleil, nous a accueillis avec chaleur. Elle nous a indiqué nos places et expliqué le déroulé. Je découvrais que je ne connaissais aucune question, puis on m'a glissé que je passerais en troisième.

Alors l'attente s'est allongée : j'écoutais les autres et, plus les minutes passaient, plus mon cœur se serrait. Sous les spots, ma peau chauffait, l'air sentait la laque et la poussière froide des rideaux, mes doigts devenaient glacés et ma bouche sèche. J'ai été à deux doigts de demander à quitter le plateau quand Faustine s'est tournée vers moi :

– Constance, de quelle lettre allez-vous nous parler ? Quelle est cette lettre qui a bouleversé votre vie ?

J'ai ancré mes talons dans le tapis, inspiré très fort, et je me suis lancée. Les premières secondes, ma voix tremblait et j'avais l'impression d'être un peu à côté de mon corps. Puis les phrases se sont posées, l'une appelant l'autre, et j'ai raconté la lettre, exactement, sans détour, jusqu'au bout où les sanglots sont montés mais n'ont pas débordé :

– Et, à la fin, il a écrit qu'il voulait que ses cendres soient déposées sur les Sept Sommets.

C'était difficile à dire, je l'avais dit. Faustine a soufflé :

– Mais c'est un film, cette histoire.

L'entretien a duré un peu plus de sept minutes. J'ai eu l'impression d'avoir oublié la moitié, mais j'ai fait de mon mieux et j'espérais que l'essentiel passerait, que l'on comprendrait pourquoi je prenais la parole sur quelque chose d'aussi personnel.

Quand la porte du studio s'est refermée, tout a chuté d'un coup ; la chaleur des projecteurs, le bourdonnement des caméras... Je me suis sentie complètement vidée, les jambes vibrantes comme à l'arrivée d'une grande course, un goût de métal sur la langue. Pourtant, au milieu de cette fatigue blanche, une fierté calme tenait droit : j'avais parlé vrai, sans ruse ni masque.

Je n'avais pas le temps de m'attarder : le lendemain m'attendait une autre journée immense, la rencontre que j'avais tant rêvée. Je me suis hâtée de rentrer, j'ai rangé quelques affaires dans une valise, puis je suis partie à la gare retrouver maman à Strasbourg ; nous avons pris la route de Genève et, sur l'autoroute, j'ai tout imaginé – sauf ce qui, le jour suivant, allait réellement se produire.

Genève et Mike

Sur la route, la fatigue a cessé d'être un poids pour devenir une clarté : j'avais l'impression de tenir un fil qui ne devait plus se rompre. Le ruban d'autoroute s'étirait sous les pneus, un ciel de décembre s'était posé sur le pare-brise et, dans le silence ponctué par les clignotants, je me suis surprise à respirer plus large : la veille, j'avais parlé, aujourd'hui j'allais remettre une lettre… Deux gestes d'un même mouvement.

Arrivées à Genève, nous sommes allées dîner avec un ami de mes parents que nous n'avions pas vu depuis longtemps : une soirée simple, des nouvelles échangées, un rire qui dénouait les épaules. Le matin suivant, après une séance de sport qui m'a mise en ébullition, j'étais tellement excitée qu'on aurait pu croire que c'était moi qui allais monter sur scène, je me suis préparée pour la conférence. Devant le Théâtre du Léman, la foule m'a coupé le souffle : des centaines de personnes attendaient, et j'ai compris d'un coup que le rencontrer serait impossible. Dans la salle immense, nous nous sommes installées tout en haut, au dernier rang ; la scène paraissait minuscule, si loin.

Nous nous sommes glissées parmi les sièges rouges, masques ajustés, passes Covid vérifiés. Au bout de quelques minutes, Mike est apparu, en chair et en os, à quelques dizaines de mètres. Et puis il a pris la scène : silhouette taillée par le vent, épaules larges, visage buriné où les arêtes accrochent la lumière, cette voix grave et claire à la fois, portée par un accent qui roule comme un galet. Il parlait simple, de peur et de cap, de limites déplacées, et la salle tenait dans sa main, sans effort visible.

La conférence battait son plein, mais, en moi, la lettre allait et venait comme une braise que je craignais d'étouffer : comment faire pour qu'il puisse la lire ? Au milieu de la conférence, il y a eu un temps de pause ; une slide s'est affichée : « Est-ce que vous avez des questions ? » Il a invité les personnes à lever la main. Là, je me suis dit : c'est maintenant, c'est à moi de jouer. J'ai regardé maman d'un air assuré, je lui ai demandé la lettre ; elle l'a sortie de son sac et me l'a tendue. Je me suis levée et j'ai rejoint la tête des grands escaliers. J'ai senti sous mes semelles la pente douce des marches, j'ai serré le papier comme on retient une mèche de corde. J'ai descendu lentement, puis plus vite. Mike a interrogé une personne, puis une deuxième, puis une troisième ; alors je me suis soufflé : *Descends, il faut qu'il te voie*. Marche après marche, la copie du mail serrée dans ma main, j'ai avancé.

Il a fini par me repérer et m'a lancé, le sourire dans la voix : « Toi, tu es déjà venue depuis en haut jusqu'en bas ! » La salle était d'un calme absolu. Ce n'était que la deuxième fois de ma vie que je parlais de tout ça, mais cette fois, il y avait vraiment des centaines de personnes autour de moi, encore plus impressionnant que la veille ; je savais que je n'avais qu'une seule chance pour le marquer, alors je me suis lancée, avec beaucoup d'émotion.

– Je suis même venue de Strasbourg pour vous voir. Pas pour vous serrer la main, mais parce que j'ai quelque chose à donner, une lettre, enfin plutôt un mail qui date de 2005, rédigé par mon papa, décédé d'un cancer du pancréas en 2007. Il avait comme projet de faire les Sept Sommets et il vous a envoyé un mail à ce sujet. C'est votre femme, Cathy, qui y a répondu, alors, si vous voulez, je peux… vous donner la lettre.

La salle s'est mise à applaudir d'une force incroyable à laquelle je ne m'attendais pas. Mike a quitté la scène, a franchi l'espace entre nous en deux pas sûrs, m'a entourée de ses bras. L'étreinte était brève, ferme, celle d'un aventurier qui sait ce que coûte une décision. Malgré la gorge qui commençait à se serrer, j'ai réussi à ajouter :

– Maintenant, c'est devenu mon projet de faire les Sept Sommets pour y disperser les cendres de mon papa.

De nouveau des applaudissements et Mike a répondu quelque chose que je n'avais pas imaginé :

– Moi, je te soutiens, et puis, si je peux faire un ou deux sommets avec toi, ce serait avec grand plaisir.

Woaw. Je l'avais fait. Je lui avais donné cette lettre et son retour avait été bien au-delà de mes espérances. Je suis remontée, le cœur serré, les larmes aux yeux et le sourire aux lèvres ; là, tout en haut, Jessica, une des filles de Mike, m'attendait. Elle m'a serrée très fort et nous avons pleuré toutes les deux. On se comprenait, elle avait perdu sa maman, moi mon papa, et quelques secondes avaient suffi pour avoir le sentiment de se connaître depuis toujours. Elle m'a félicitée pour ce projet incroyable et m'a dit de venir la voir après la conférence pour discuter.

Je me suis finalement rassise à côté de maman. Rien qu'à son regard, on voyait qu'elle était très fière de moi. Nous avions rempli notre mission : mettre cette lettre entre ses mains. À la fin, je suis allée échanger avec Jessica, qui m'a transmis son numéro pour la suite. Puis, avec maman, nous sommes parties faire le tour du lac de Genève. Il me fallait de l'oxygène après ce que je venais de vivre. L'air était vif, le ciel coupant, et je n'arrêtais pas de sautiller, incapable de contenir cette joie neuve qui me traversait. J'étais folle de joie, incapable de me calmer, et j'étais heureuse qu'elle soit là pour partager cette joie. Maman m'a filmée pendant que je marchais et sa caméra a capté ces mots qui m'échappaient en riant :

– C'est la meilleure journée de ma vie, je suis trop contente, j'ai envie de vivre des jours comme ça tous les jours. Je veux que ce soit ça, ma vie. Je t'aime.

Et nous nous sommes regardées. Nous avons pensé que, forcément, papa, là-haut, avait tiré les ficelles – pas beaucoup, juste assez. Nous nous sommes serrées très fort et, dans cet embrassement, j'ai senti ce qui comptait : j'avais trouvé ma voie, ma voix. Et la sienne.

Hugo et l'association

Dans ma vie, les virages importants avaient presque toujours pris la forme d'une rencontre – une porte qui s'entrouvrait juste au moment où je passais, un timbre de voix, un rire, une main qui se tendait – et j'aimais croire qu'au-delà de ce que je voyais, quelque chose, quelque part, ajustait doucement la trajectoire. Hugo appartenait à cette famille-là.

Hugo Lorentz était alsacien, mais surtout un véritable couteau suisse : vidéaste, photographe, réalisateur, grand sportif qui respirait la vitesse du vent et l'odeur minérale des défis extrêmes et, pour couronner le tout, d'une drôlerie désarmante. Je l'avais rencontré grâce à mon amie, Elsa – LONDE sur scène –, pour qui il venait de tourner un clip, et la toute première fois où nous avons bavardé, la conversation a glissé comme un ski bien farté, fluide, nette, sans à-coups, tant et si bien que je n'ai pas imaginé, alors, tout ce que nous allions partager.

À ce moment-là, Elsa était devenue ma deuxième coloc à Paris, dans le 17e : Sandra venait de terminer son stage chez Givenchy, la chambre s'était libérée, l'appartement avait repris son souffle. De mon côté, je vivais au rythme dense de l'alternance chez Moët Hennessy Diageo – trois semaines par mois dans les locaux de la joint-venture à Paris, la dernière à Bordeaux où je dormais sur le canapé de Mélinda, mon amie d'enfance devenue volleyeuse professionnelle – et les journées compactes, lestées de bilans à rendre, me serraient parfois l'estomac comme un nœud marin, tandis que, le soir, avec Sandra puis Elsa, nous nous refaisions un courage de fortune entre deux éclats de rire épuisés.

C'est dans cette houle que 2022 s'est lentement dessinée ; j'avais la sensation très physique qu'une grande année se préparait, et c'est à ce moment-là qu'Hugo est entré, vraiment, dans ma vie : il a vu les premières stories du projet sur les réseaux et, un jour, a répondu à l'une d'elles par un simple émoji. De message en message, les questions ont afflué, claires, directes, et l'évidence s'est imposée : il fallait quelqu'un pour filmer ces ascensions et, mieux qu'un prestataire, il me fallait un compagnon d'aventure ; ce serait lui.

En parallèle, quelque chose s'ouvrait devant moi comme une longue clairière : j'ai lancé en octobre mon compte Instagram @7sommets_constance et, en décembre, la page Facebook. Au fil des jours, la communauté s'est densifiée, jusqu'à réunir aujourd'hui près de 79 000 personnes, et maman, dans cet élan, a contacté les *Dernières Nouvelles d'Alsace* ; le journaliste est venu entre Noël et le Nouvel An, carnet posé sur la table de la cuisine, écoute attentive qui me tenait lieu d'élan. Le 5 janvier 2022, j'ai découvert mon premier article imprimé, page 27 – « Pour son père, elle s'apprête à gravir les mythiques “Sept Sommets” » – illustré par deux photos qui racontaient ma vie en deux battements : moi au sommet du Kilimandjaro et moi, enfant, juchée sur tes épaules. L'effet a été immédiat, une neige qui prend : Jacques Brubacher (AXA) m'a écrit sur Facebook pour proposer son aide, aide qui, plus tard, m'ouvrirait la porte des Internationaux de Strasbourg (tournoi de tennis), et Top Music m'a invitée.

La semaine suivante, *Ça commence aujourd'hui* a été diffusé ; l'écho a dépassé tout ce que j'avais osé espérer : non pas quelques retours, mais des centaines de messages, de remerciements, d'encouragements, de vies qui me confiaient leur deuil et, au milieu, cette énergie neuve qui montait en moi comme un souffle chaud ; j'ai senti, très nettement, que je prenais enfin les devants, que je tenais quelque chose d'utile, pour moi et pour les autres.

Avec Hugo, nous avons alors tracé une route comme une ligne de crête, exigeante et claire : gravir le mont Blanc début juillet. En attendant, il fallait se préparer à atteindre le point culminant de chaque massif français, à chaque fois avec un invité, et raconter tout cela sur la chaîne ; et, tandis que je continuais mon alternance entre Paris et Bordeaux, que je préparais mon mémoire pour début juillet et que je travaillais en parallèle à nouer une collaboration associative, nous avons enclenché la seconde, conscients du poids, mais décidés à apprendre le pas long de ceux qui montent.

On a commencé par le Grand Ballon, le toit des Vosges. Ce matin-là, la montagne était sous une grosse couette de neige. La poudreuse nous montait aux genoux, lourde et changeante. Les sangles nous coupaient les épaules et notre matos, pas vraiment prévu pour ces conditions, s'alourdissait à chaque pas, la glace s'y collait. Mais on a continué, tête baissée, souffle court qui brûlait la gorge, joues fouettées par un vent d'épingles. Le panneau du sommet a fini par surgir du blanc. Première victoire arrachée au froid, modeste et immense à la fois. Victor, l'ami d'Hugo, riait derrière son buff : « Ce n'est que le début. »

Dans l'élan, on a pris la route du crêt de la Neige, point culminant du Jura, et cette fois, Maxime s'est joint à nous. Il m'avait écrit sur Instagram, ses deux parents s'étaient battus contre le cancer et sa présence a posé sur la montagne une gravité douce, comme si chaque mètre gagné était une offrande pour celles et ceux qui ne pouvaient plus marcher. Le ciel était de plâtre, la neige sonnait creux sous nos pas. On parlait peu, on suivait le rythme régulier des respirations. Quand la pancarte du sommet a émergé de la brume, j'ai senti mes nerfs se desserrer : une fierté calme est montée sous la doudoune, nette, presque tiède.

Quelques semaines plus tard, la chance a pris un visage et une poignée de main : Jean-Pierre

Frachon, quatrième Français à atteindre l'Everest en 1988, premier Français à boucler les Sept Sommets en 1991. Avec son regard calme, précis, tout s'est remis en place. La montagne redevenait des gestes simples : un pied devant l'autre, buste droit, souffle posé. On a gravi ensemble le puy de Sancy, long plateau balayé par un vent de côté qui nous déportait d'un demi-pas et nous rappelait de serrer les gants. Jean-Pierre parlait peu, juste ce qu'il fallait ; et d'un coup, la pente semblait moins dure, le sommet arrivait presque naturellement.

Raconter nos ascensions faisait partie du pacte. Dans l'enthousiasme du début, on a voulu aller trop vite. Les semaines suivantes, Hugo et moi avons même tenté Netflix : silence total. Alors on a créé la chaîne YouTube « Challenge des 7 sommets par Constance », en commençant par les coulisses d'une interview à Top Music – qui est devenue partenaire quelques semaines plus tard. On s'est promis une vidéo par semaine : sur le papier, ça sonnait bien. Toutefois, la réalité, elle, s'est chargée de nous rappeler le poids des heures : j'étais en alternance entre Paris et Bordeaux, je partais le vendredi soir tard, nous grimpions le samedi, nous rentrions le soir même et, le dimanche, Paris me reprenait, tandis que les nuits d'Hugo se tassaient au montage. C'était loin d'être reposant, mais c'était une période lumineuse, une de celles où l'on sent que la vie avance pour de bon, à grandes enjambées, même si les jambes tirent.

Alors nous avons choisi de lever le pied côté YouTube, sans renoncer à l'élan ni à la parole : accepter de ralentir pour continuer mieux, autrement, avec d'autres projets qui germaient déjà, et nous nous sommes dit, en redescendant d'un sentier gelé où le vent nous flagellait les mollets, que l'essentiel était là, dans la qualité des pas, dans la beauté des rencontres, Victor qui ouvrait la trace, Maxime qui marchait pour les siens, Jean-Pierre qui, d'un signe du menton, remettait le monde d'aplomb et que, quoi qu'il arrive, on ne se lâcherait pas.

Eh oui, il fallait se rendre à l'évidence… Moi en alternance à Paris, Hugo à Strasbourg, et tous les autres projets que nous avions chacun à côté, nous n'étions plus en mesure de suivre le rythme, mais nous avions plein d'autres projets en tête, ensemble, bien plus gros ; et puis, moi, il fallait que j'avance sur mes projets d'association qui n'étaient pas non plus aussi faciles que prévu.

Après ces trois mots que j'ai écrits en larmes – « Dépôt des statuts » –, j'ai posé le stylo. Ce n'était pas une victoire, c'était un choc doux et brutal à la fois. Je me suis dit : *peut-être que je vais vraiment y arriver*. Et, juste après, la peur est montée : *rien n'est fait, le chemin va être long, très long*. J'avais les joues mouillées, la poitrine serrée, mais aussi une petite flamme au fond : l'envie d'y croire. Il a fallu choisir la forme de mon combat. Au début, je me voyais plutôt rejoindre une association déjà en place et porter le projet comme une ambassadrice. C'était plus simple, plus rassurant. Honnêtement, je ne me sentais pas encore l'étoffe d'une fondatrice : trop grand, trop tôt. Alors j'ai pris le temps. J'ai regardé ce que je voulais défendre, ce que je pouvais donner, ce que j'étais prête à apprendre. Je savais une chose : il faudrait avancer pas à pas, accepter que ce soit difficile et tenir bon. Ces larmes-là ne disaient pas « c'est gagné ». Elles disaient : « Commence et n'abandonne pas. »

Pendant plusieurs mois, j'ai tenté de contacter une grosse association française, sans retour. Puis, en début d'année, j'ai finalement réussi à obtenir un échange et une date pour une visio. J'allais pouvoir leur présenter mon projet et je me disais qu'ils allaient forcément adhérer. Je ne voyais pas trop comment cela aurait pu se passer autrement. Pourtant, cette première visio n'a pas été aussi réussie : la lumière froide de l'écran, les visages en vignettes qui se figeaient par moments, des mots polis qui n'accrochaient nulle part et, en moi, l'enthousiasme qui baissait d'un cran comme un feu qu'on couvre trop tôt.

Lors d'un second entretien en visio – maman d'un côté de l'écran, Carine, ma marraine et Colette, une amie de la famille, de l'autre – on m'a annoncé, avec le sourire gêné des mauvaises nouvelles, qu'il y en avait justement deux : une « bonne » et une « mauvaise ».

La mauvaise d'abord : impossible de collaborer tant que je travaillais chez Moët Hennessy Diageo, marque d'alcool oblige.

La bonne ensuite : « On en reparlera quand vous aurez quitté la société. »

J'ai inspiré, j'ai remercié, j'ai raccroché. Et, dans le silence revenu, très calmement, j'ai dit : « Ce n'est pas grave, ça devait se passer comme ça. Alors je vais créer une association pour porter les projets que j'ai envie de mener. Si vous voulez me soutenir, j'aimerais que vous en fassiez partie. » Elles ont dit oui, d'un même élan.

Ont suivi des semaines d'atelier et de papier, de tasses de thé refroidies à force de revenir aux mêmes phrases : nous avons écrit les statuts, discuté d'un logo, précisé une gouvernance, dessiné un calendrier qui ne trahissait ni l'ambition ni le réel. François, Thierry, Léana et Mathilde nous ont rejoints et, à sept, nous avons lancé « 7 Sommets contre la maladie ». Les plus expérimentés m'ont appris à articuler l'essentiel sans le dénaturer : comment concilier les expéditions où je disperse tes cendres, papa, avec une aide concrète et suivie aux enfants dont un parent est atteint d'un cancer. Rien n'était évident, beaucoup d'obstacles se dressaient, mais un noyau tenait bon, compact comme une cordée face au vent, et chaque décision, si minuscule fût-elle, ajoutait une pierre solide au socle.

J'étais épuisée, mais j'avançais, et c'est dans un entre-deux, quand l'action se tait un peu et que le souffle revient, qu'un signe m'a cueillie. Le 17 mars 2022, « 7 Sommets contre la Maladie » est né. J'étais loin d'imaginer ce que ce projet deviendrait.

Je me souviendrai toujours de ce jour. J'étais dans le train pour Strasbourg, avec une heure d'arrêt à Metz, quand maman m'a écrit que les statuts de l'association étaient officiellement acceptés – je pouvais acheter les DNA. En descendant du train, c'est la première chose que j'ai faite. Je me suis installée dans un café en face de la gare et j'ai ouvert le journal à la page du registre des associations. Nous étions là, noir sur blanc :

« Avis aux fins de publication – Association dite : 7 Sommets Contre la Maladie

Ayant pour objet : contribuer à la visibilité de la lutte contre le cancer, les malades et leurs familles. L'association s'appuie sur l'histoire de Constance Schaerer dont le challenge est de gravir les 7 sommets en l'honneur de son papa décédé. »

À la dernière phrase, les larmes sont venues. On l'avait fait, mon petit papa. Sans toi, sans ton projet, cette association n'aurait jamais existé. J'avais l'impression de te faire revivre, de faire connaître ton histoire, notre histoire. J'étais fière, tellement fière. Et décidée : je pousserais cette association le plus loin possible, je m'y donnerais corps et âme pour la faire grandir et agir pour les enfants. C'était comme si, à 22 ans, je venais de trouver le sens de ma vie, ma mission, là, sur ce papier, dans ce café.

Toutes les émotions se mélangeaient : souvenirs, nostalgie, détermination, envie. Une certitude s'est installée : en septembre, après mon master et la fin de mon alternance, je quitterais Paris pour m'investir à 100 % dans l'association et dans ton projet. Cette décision m'a aussi redonné l'énergie de finir correctement mes études : je savais où j'allais.

Mais je n'ai pas attendu septembre pour commencer. Les idées et les projets se sont enchaînés, et j'ai pu compter sur l'aide de maman, de ma marraine Carine, de Colette, ainsi que de François, Thierry, Léana et Mathilde, qui ont intégré le bureau pour m'aider à cadrer les objectifs. Au début, tout n'était pas clair : nous ne savions pas encore exactement comment aider les familles, et surtout les enfants. Tout s'est éclairé quelques jours plus tard, quand Anaël, la tante de Tymeo – le premier petit garçon de l'association – m'a contactée après une vidéo publiée par le YouTubeur Darko.

Depuis ce jour, rien, absolument rien, ne pourrait plus m'arrêter.

Et, en effet, tout s'est aligné. Tout a continué. Tout s'est renforcé.

Darko m'a contactée le 28 mars 2022 sur Instagram, après avoir entendu parler de mon histoire dans l'émission *Ça commence aujourd'hui* puis sur Fun Radio.

Il m'a laissé ce message vocal :

« Hello Constance, j'espère que tu vas bien. Je m'appelle Darko, je ne sais pas si tu as déjà vu mes vidéos sur YouTube. En ce moment j'ai un concept qui plaît énormément : je rencontre des gens qui ont une histoire unique et viennent la raconter. Je t'avoue que j'adore ton histoire, vraiment, j'aimerais bien la partager avec les gens. Si ça te dit, tu es la bienvenue sur ma chaîne. Si tu me dis oui, ça peut se faire très vite. Je suis sur Paris, dans la semaine c'est quand tu veux. Tiens-moi au courant, bonne journée. »

J'ai accepté tout de suite. Je venais d'officialiser l'association la semaine précédente et je voulais en parler au plus grand nombre, sans perdre de temps. On a tourné la vidéo dès le lendemain ; elle est sortie le dimanche suivant sur sa chaîne.

J'étais dans le train pour Bordeaux au moment de la publication. J'ai attendu de retrouver Mélinda pour la regarder avec elle. La vidéo était vraiment belle, surtout la fin, où il a lu un passage écrit par mon père, un de mes préférés :

« À toi Constance, tu sais que de là-haut je te regarde et je ne t'oublie pas. Je te prépare une petite place en attendant que l'on soit ensemble pour la vie éternelle comme tu me le disais si souvent. Occupe-toi bien de ta maman en attendant. »

Je savais que tu me regardais et que tu m'attendrais toujours. Les larmes ont coulé. J'étais heureuse d'avoir fait cette vidéo, heureuse de tout ce qui se passait, et en même temps submergée. Beaucoup d'émotion, un vrai retour en arrière, tout se réveillait. Mélinda n'a rien dit, elle a serré plus fort. Nous nous connaissons depuis le collège : pôle Espoirs volley à Mulhouse pour elle, recrutement par le club pro de Bordeaux ensuite, et, pour moi, cette semaine par mois où elle m'ouvrait son appartement comme on ouvre un refuge. Elle sortait alors d'une période où la pression avait trop tiré sur la corde, volley pro d'un côté, commercial dans une entreprise de sites internet de l'autre… À force de tout porter, elle s'était brisée en silence. Cette nuit-là, dans la lumière bleue de l'écran, elle a dit : « Je suis là. » Elle l'a été, pour de bon : elle est devenue ma binôme dans l'association.

Ainsi la suite s'est dessinée : une structure née d'un refus, une équipe rassemblée autour d'un cap clair, une première grande mise en récit qui touchait des milliers de personnes et, à l'arrière-plan, cette évidence obstinée, celle d'avancer, coûte que coûte, avec ceux qui acceptent de marcher à mes côtés.

Réseaux et Tymeo

Les réseaux, que je croyais accessoires, sont alors devenus un moteur inattendu. Grâce à eux et grâce à Darko, Anaël est entrée dans ma vie. Je n'oublierai jamais le message qu'elle m'a envoyé.

« Bonjour Constance, je suis très touchée par ton histoire. Tu es très courageuse. J'ai perdu mon frère de 29 ans le mois dernier d'un cancer au cerveau. C'était mon âme sœur, nous vivions ensemble… Mais c'était aussi un papa extraordinaire qui s'occupait seul de son fils de 9 ans… L'âge que tu avais quand tu as perdu ton papa. J'en ai désormais la responsabilité et je ne sais pas comment l'aider au mieux. C'est très récent et très douloureux pour nous tous. Je serais très fière s'il devenait heureux ; malheureusement, c'est un petit anéanti que j'ai avec moi… »

En lisant ces mots, j'ai été bouleversée. Je n'avais pas imaginé que les réseaux sociaux deviendraient un tel moteur pour le projet et l'association. La vidéo avec Darko avait touché Anaël, qui n'avait qu'un an de plus que moi. À vingt-cinq ans, maman d'une petite Alyssia de six ans, elle venait de perdre son frère Renaud, emporté en quelques mois par un cancer du cerveau. Il avait vingt-neuf ans et s'est éteint le 28 février 2022, le lendemain de l'anniversaire de mon père. Renaud avait laissé à Anaël une lettre où il lui demandait de veiller sur Tymeo, son fils, qui venait d'avoir neuf ans.

Neuf ans : mon âge quand tu es parti, papa.

Anaël ne savait pas encore comment apprivoiser et accompagner ce petit garçon. Tymeo s'était refermé, l'école se compliquait ; Anaël se sentait seule, désemparée, sans personne à qui confier le poids des dernières semaines de son frère. Elle voulait lui souffler d'autres images, l'emmener à Paris pour changer l'air de ses pensées. Son rêve à lui était simple et immense : rencontrer de « grands youtubeurs ». J'ai reçu cette demande comme on reçoit une responsabilité claire : non pas une bonne action à cocher, mais une direction. J'ai senti que l'association venait de trouver sa colonne vertébrale : aider un enfant, concrètement, là, maintenant.

Anaël m'a envoyé la liste des « héros » de Tymeo. En numéro 1 : Inoxtag. Instagram et ses codes, je maîtrisais ; YouTube, beaucoup moins. J'ai écrit, réécrit, relancé. Silence radio. Ce silence m'a fait comprendre qu'il faudrait plus que des messages pour ouvrir des portes : de la patience, du temps, et ce mélange de douceur et d'obstination qui finit par déplacer les lignes.

Le 1er mai, j'ai pris le train pour Tours. Mon parrain habite juste à côté. Nous avions choisi un jardin public pour la rencontre, l'idée plaisait à Tymeo. Dans le wagon, j'ai regardé défiler des bandes de colza et de ciel et j'ai essayé d'apaiser cette petite houle : serais-je assez forte si la conversation touchait à la mort ? Assez utile pour l'aider vraiment ? À l'arrivée, l'air sentait la verdure rincée de soleil. Le jardin se trouvait à cinq cents mètres de chez mon parrain, j'y suis allée d'un pas régulier, décidée à être à l'heure, à être là tout entière.

Et… tout s'est déroulé naturellement, comme si chacun savait instinctivement où se placer pour que l'autre respire mieux. Tymeo observait d'abord en coin, Anaël cherchait ses mots, Alyssia tournoyait à proximité. Puis les phrases se sont posées, simples, sans forcer. Anaël m'a dit qu'elle voulait que la mort de son frère serve à quelque chose – non pour l'effacer, mais pour que sa trace devienne utile – et qu'elle ferait tout pour montrer à Tymeo que la vie n'est pas seulement faite de choses tristes et compliquées. Ses mots m'ont traversée. Au moment de nous quitter, leurs yeux brillaient comme ceux d'enfants à la sortie d'un manège ; les miens aussi. Je suis repartie avec cette certitude tiède au creux de la poitrine : nous tenions là le commencement d'une réponse.

Quelques jours plus tard, j'ai invité Tymeo à venir passer un week-end à Paris avec Anaël et Alyssia. La journée m'a happée jusqu'à la nuit : un événement Veuve Clicquot sur la terrasse d'un hôtel face à la tour Eiffel, le vent qui chiffonnait les nappes comme des voiles, les verres qui perlaient. Il était 21 heures quand je me suis enfin libérée. Nous nous sommes retrouvés dans un café à deux pas de la Seine, lumière ambrée sur les visages. Tymeo découvrait Paris : il n'en croyait pas ses yeux de voir la tour d'aussi près, ce fuseau d'acier planté dans le ciel. Alors… Nous sommes montés… À la surprise générale… Un rêve éveillé. À 23 heures, presque à la fermeture, l'ascenseur s'est ouvert sur la ville entière : un tapis de constellations au ras des toits, le ruban de la Seine qui palpitait comme une veine lumineuse. Nous sommes restés là, longtemps, en silence, chacun occupé à recoller quelque chose en soi. Ce soir-là tout était permis : pas question de regarder l'heure. La journée s'est achevée à 0 h 22 autour d'une tisane fumante. Tymeo et Alyssia riaient à pleines dents. Nous aussi.

Je sentais très physiquement que le projet prenait sa forme : rendre, à un enfant, ce qu'un deuil lui avait pris.

Dans le même temps, un autre fil se tissait. Depuis des semaines, j'étais en discussion avec Denis Naegelen, président des Internationaux de Strasbourg, ce tournoi 100 % féminin qui fait vibrer la ville depuis plus de trente ans. Grâce à Jacques Brubacher (AXA), j'ai pris une semaine de congé pour être bénévole aux IS avec Mélinda ; maman, ma marraine Carine et Léana se sont aussi proposées. Denis m'a offert un cadeau discret et immense : une invitation à présenter mon projet lors d'un déjeuner au Club des Loges. On m'a placée à côté de Jérôme Fechter, le codirecteur des IS, qui deviendrait mon patron quelques mois plus tard. Le courant est passé immédiatement : même énergie, même goût du concret. Je n'osais pas imaginer une proposition, ce n'était pas mon objectif. J'emmagasinais seulement cette rencontre comme une force car je voulais me lancer à 100 % dans mon projet.

Pendant les IS, j'ai donné ma première conférence chez Lisa Ulmer, qui dirige avec sa sœur l'entreprise de chauffage Regmatherm. Le partenariat, un vrai pacte de confiance, était déjà validé. Nous nous étions rencontrées mi-février, dans une crêperie à Obernai, avec son fils Évan. Elle avait cru en moi avant même la création de l'association. Ce jour-là, Mélinda et moi avions bricolé une présentation simple et droite ; Lisa avait dit oui sans détour. C'est elle qui allait nous permettre de concrétiser l'ascension du mont Blanc en devenant notre seul sponsor. Je ne pourrai jamais assez la remercier : sa confiance a posé une marche solide sous mon pied.

Le lendemain, une voiture frappée du sigle France 3 Alsace s'est garée devant chez moi. J'ai pris la photo pour l'envoyer à maman : une joie d'enfant, intacte. L'équipe m'a filmée une heure dans la cuisine, puis pendant l'entraînement à la salle de sport ONE Fitness de Fegersheim, là où Hugo et moi nous préparions pour le mont Blanc avec notre coach Valentin : la sueur qui piquait les yeux, la respiration râpeuse, le goût métallique de l'effort et, par-dessus, l'idée simple qu'on avançait.

Les IS ont encore ouvert d'autres portes. J'y ai rencontré Jacky Terreau, vice-président de la Fédération française de tennis. D'une générosité sans apprêt, il m'a invitée presque tous les jours à Roland-Garros la semaine suivante et nous a permis d'y organiser nos premiers moments avec les enfants de l'association. Il est parti un an plus tard, emporté par un cancer du foie ; sa bienveillance, elle, ne s'est pas éteinte. Lors d'un déjeuner au Club des Loges, j'ai recroisé Christophe Schalk, le directeur général de la radio Top Music et codirecteur des IS qui, après réflexion, m'a annoncé vouloir devenir partenaire de mes prochaines aventures. Serge Mathis, le voisin de Lisa qui travaille chez Eberhardt, s'est joint au mouvement. Trois soutiens, et soudain la suite devenait vraiment envisageable ou plus respirable.

Alexandre, coach de tennis et bénévole qui gère la fan zone de Roland-Garros, nous a conviées, Mélinda et moi, à un événement auquel participait Jo-Wilfried Tsonga. La foule bourdonnait comme une ruche, mais l'homme était simple et abordable : il y a des rencontres qui vous réconcilient avec le monde.

Grâce aux places offertes par Jacky Terreau, j'ai invité Tymeo à Roland-Garros. Avec Elsa, nous avons accueilli Anaël, Alyssia et lui dans notre minuscule appartement : une seule chambre, c'était du camping heureux : Elsa et moi dans le lit, eux trois serrés dans le canapé-lit, rires étouffés, chaussettes égarées. L'après-midi, au bord des courts annexes, Alexandre a donné à Tymeo et Alyssia leur première leçon : gestes encore raides mais regard vif, balle qui claquait dans les cordes, poussière ocre de la terre battue qui se déposait sur les chaussures. Je les voyais se redresser à chaque échange, comme si le corps retrouvait un élan dont il ignorait la mémoire.

Le soir, hasard heureux, Elsa chantait dans une petite salle du 12e ; les enfants n'en revenaient pas de découvrir que LONDE, l'artiste qu'ils venaient écouter, était leur copine Elsa. Leurs yeux jetaient des étincelles, la musique mettait du jeu dans le chagrin.

Le lendemain, au petit déjeuner, dans un café en face de chez moi, j'ai attendu que la mousse du chocolat chaud retombe un peu pour annoncer à Tymeo que nous irions, rien que tous les deux, à la finale dames. Il a levé la tête d'un coup, visage ouvert comme une fenêtre. À Roland-Garros, la foule roulait comme une houle ; l'odeur de la crêpe et du café se mêlait à celle de la brique pilée et, au loin, les « ploc » secs des balles découpaient le temps. Le match a été sans appel : Iga Świątek a balayé Coco Gauff en deux sets ! Mais, pour Tymeo, l'essentiel était ailleurs : nous étions le 4 juin, l'anniversaire de son papa. Je sentais son émotion à la façon dont il s'agrippait à ma manche aux points décisifs, puis à la manière dont il s'est mis à parler très vite, en sortant, pour me raconter tout ce qu'il avait vu. Ce jour-là, quelque chose s'est recousu en lui. Il me l'a dit plus tard ; je l'avais su tout de suite. Aujourd'hui encore, il range cette journée parmi les plus belles de sa vie.

C'est là, au milieu de la terre battue et de la foule, que le fondement de l'association s'est gravé en moi avec une netteté nouvelle : offrir aux enfants heurtés par la maladie ce qui m'a tant manqué, un contrechamp, un espace de joie, d'images fortes et de défis à leur mesure, où l'avenir redevient prononçable. Redonner le sourire : pas un sourire poli, non, celui qui naît au creux du ventre et remonte jusqu'aux yeux. C'était notre cap.

Et, déjà, derrière la rumeur de Roland-Garros, se dessinait l'horizon blanc de juillet.

Le mont Blanc nous attendait.

Chapitre 5

Le mont Blanc

J'ai compris le jour où j'ai découvert les dernières volontés de mon père pourquoi ma mère avait tenté l'ascension du mont Blanc quand j'étais petite.

Elle avait essayé de le gravir un an après son décès, mais ne m'avait jamais expliqué pourquoi. Je me souviens qu'elle s'était préparée une bonne partie de l'année pour tenter cette ascension. Elle courait beaucoup à cette époque et avait grimpé d'autres sommets dans les Alpes.

Elle s'était lancé le défi du mont Blanc pour commencer à disperser les cendres de papa. Comme moi quelques années plus tard, elle avait planifié son projet, trouvé une agence qui a organisé son ascension. Elle était partie en juillet 2008 pour tenter de gravir le sommet. Ils étaient six pour ce défi.

L'ascension avait bien démarré, jusqu'au refuge de Tête Rousse. Et là, dans le couloir du Goûter, tout a basculé. Un très violent orage a éclaté, elle a dû enlever de son sac les bâtons de marche et les pics qui pouvaient être dangereux avec la foudre. Son guide l'a forcée à se dépêcher malgré les éclairs, mais elle n'arrivait pas à aller plus vite. Un sac à dos a dégringolé à côté d'elle et elle a vu un homme à terre. Le guide l'a obligée à tracer alors qu'un hélico venait chercher l'homme qui avait été touché par la foudre.

Le refuge du Goûter était bondé. L'oxygène lui manquait, tous ses mouvements étaient au ralenti. La météo était mauvaise au point qu'il a fallu s'arrêter là à cause du danger. Redescendre dans la caillasse a été compliqué. Elle n'a pas voulu m'en parler à l'époque. Elle avait peur que je m'inquiète, elle se disait qu'elle me le raconterait plus tard. Elle a remis les cendres de papa dans une grosse boîte, bien à l'abri, à la maison. Elle sentait que quelqu'un prendrait un jour le relais. Elle n'a plus jamais tenté de grimper un sommet après celui-là.

Maman a continué à organiser notre vie courante. Elle s'est occupée des vivants, comme elle le dit si joliment, et elle l'a fait formidablement.

Fin juin 2022, c'était à mon tour de tenter à l'ascension en ton hommage, papa. Quelques jours avant le départ, je suis retombée par hasard sur cette lettre au professeur Marescaux. Cette lettre où tu as écrit :

« *Même si je ne suis pas encore complètement guéri (le crabe tient encore mon foie par le bout d'une pince que je m'apprête à lui couper dans les semaines qui viennent !), j'ai beaucoup de projets d'avenir.*

L'un a pour objectif d'agrandir tout simplement la famille et Constance se fait déjà une joie d'accueillir son petit frère ou sa petite sœur.

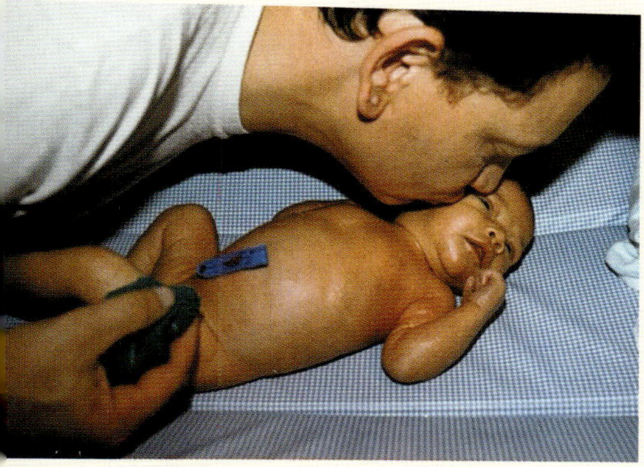

Août 1998
Notre première
photo ensemble.

Septembre 2002
Ma rentrée
en maternelle.

Avril 2002
Ma première descente à skis avec ma tante Anne.

Juillet 2003
Vacances en Inde juste avant qu'il tombe malade.

Décembre 2003
Noël aux Canaries avec mon gilet rouge,
avant qu'on apprenne son cancer
quelques jours plus tard.

Août 2006
Nos dernières vacances d'été ensemble
dans le sud de la France.

Novembre 2007
La photo qu'il a choisie
pour son enterrement.

Juillet 2021
Mon premier sommet,
le Kilimandjaro, 5 895 m.

Août 2021
Quelques jours
après l'ascension
du Kilimandjaro,
ma maman et moi
en Tanzanie.

Juin 2022
Finale dames
de Roland-Garros
avec Tymeo,
le premier petit
garçon qui a rejoint
l'association.

Juillet 2022
Au sommet
du mont Blanc
avec Hugo,
notre premier
sommet ensemble.

Juillet 2022
Au retour du mont Blanc avec ma tatie
qui m'a donné la lettre de papa à gauche
et la maman de mon papa à droite.

Décembre 2022
Sommet de l'Aconcagua, 6 961 m.

Juin 2023
Alaska, première tentative d'ascension du Denali.

Juin 2024
Sommet du Denali, 6 190 m.

19 mai 2025
Tu reposeras à tout jamais sur le plus haut sommet du monde, l'Everest.

Un autre consiste à gravir, durant les prochaines années, le plus haut sommet de chaque continent. Premier objectif, le mont Blanc, pour l'été 2005.

Sachant qu'il y a encore 2 mois je n'étais pas en mesure de "gravir" les 16 marches de mon escalier, cela serait un beau pied de nez à la maladie et un défi au destin dont je vous suis redevable. Je vous tiendrai au courant de la suite. »

C'est ce jour-là que j'ai pris conscience que le mont Blanc était la première ascension que tu avais imaginée. C'est marrant mais je me suis rendu compte aussi que, même si j'avais déjà lu cette lettre, je n'avais pas prêté une attention suffisante à ce passage, comme si, avant ça, ce projet n'était pas écrit ici.

J'ai décidé de prendre cette lettre avec moi, pour me donner du courage et peut-être me porter chance, cette fois.

Le 30 juin 2022, avec Hugo et mon cousin William, nous avons pris la direction de Chamonix. Jacques Marmet, un Alsacien qui avait déjà atteint les Sept Sommets, m'avait contactée par mail à la suite d'un article qu'il avait lu dans la presse. Je me suis entraînée avec lui et son sherpa népalais durant trois jours, pendant lesquels j'ai grimpé ma première cascade de glace. Nous sommes aussi montés jusqu'à l'aiguille du Midi. J'ai discuté avec le sherpa de mon désir de faire un jour l'Everest. Il m'a expliqué la difficulté de la préparation, j'ai bien compris que j'en étais encore loin.

Dans la voiture, j'ai repensé à cette lettre au professeur Marescaux en regardant les montagnes qui commençaient à s'approcher. Je me suis dit : « On arrive papa, on arrive, ne t'en fais pas, on va le faire. » Le reste du trajet, j'ai dû rester concentrée sur mon ordinateur car, le soir même, c'était la dernière deadline pour rendre mon mémoire de Master 2.

J'avais choisi comme thème : « L'homme à la conquête de sens. Quels sont les leviers qui permettent à l'homme de générer du sens dans la réalisation de sa vie ? »

Vous vous en doutez, ce sujet n'avait pas été pris par hasard. Il représentait toutes les questions que je me posais et que tu t'étais aussi posées papa, sur la vie, sur l'existence de l'Homme, sur la raison pour laquelle nous étions sur terre. Tout ce que j'ai appris sur le sens m'a énormément aidée par la suite. Sur mes choix de vie. Et je ne remercierai jamais assez Thomas Saint Pé, mon binôme de mémoire, d'avoir accepté de faire ce très long travail avec moi. Et je souhaitais partager avec vous les remerciements qui sont synonymes pour moi de toute mon évolution durant cette année 2022.

« Nos premiers remerciements vont sans aucun doute à notre tutrice de mémoire, Pascale Auger, sans qui nous ne nous serions jamais investis de cette manière sur une question si profonde.

Ce mémoire a été pour nous bien plus qu'un travail de fin d'études, il a été le fruit d'une réelle remise en question sur nous-mêmes, nos buts et pourquoi nous faisons certains choix dans la vie. Vous nous avez accompagnés dans une petite partie de notre vie (particulièrement importante) et, pour ma part (Constance), vous avez été une source de conseils précieux qui se sont révélés essentiels lors de la prise de décisions importantes pour mon projet. Je retiens surtout la méditation, qui est devenue nécessaire à ma prise de recul et ma re-concentration.

La réflexion que j'ai pu mener durant ces dernières semaines m'a fait réaliser une quantité de choses que je n'avais pas su jusqu'alors comprendre, et ce sont vos mots et vos indications qui m'ont permis d'en arriver là.

Je n'ai peut-être pas toujours tout compris, mais je pense que, désormais, je peux vous dire merci pour tout ce que vous m'avez apporté, pour aujourd'hui et surtout pour demain.

Nous tenions également à remercier Colette Ambiehl, membre de mon association, qui a passé deux journées à me questionner sur ma raison d'être et ma motivation. Sans doute que je n'aurais jamais réussi à aller aussi profond dans ma conscience sans son aide. Merci plus généralement aussi à toute mon association, sans qui ce projet et finalement ce mémoire n'auraient pas pu être les mêmes.

Merci aussi à ma maman, qui me soutient dans tout ce que je fais avec une force et un amour éternels. Ses encouragements, son aide et sa motivation m'ont toujours permis d'atteindre mon objectif, et encore une fois aujourd'hui si mon association voit le jour, c'est en grande partie grâce à toi.

Merci surtout à mon papa, Marc Schaerer, qui m'a laissé le plus beau des cadeaux, qui a changé ma vie à tout jamais. Tu es parti, mais en réalité tu es là avec nous, avec moi, à me guider. Merci pour ce que tu as laissé, merci pour tes mots qui sont essentiels pour moi aujourd'hui pour comprendre. Je me sens épanouie plus que jamais et j'ai accepté que tu ne sois plus là, sans doute parce que tu m'as laissé un challenge que je n'aurai jamais osé me fixer sans toi. Comme quoi, quatorze ans après, tu es encore capable de bousculer ma vie. »

J'ai relu ces mots avec émotion, j'ai intégré la pièce jointe à mon mail et j'ai appuyé sur « envoyer ». Ça y était, cet immense travail était terminé, j'avais fini mon mémoire de Master, la dernière grande étape de mes études. C'était un immense soulagement mais aussi un grand vide. Nous nous étions tellement donnés dans ce mémoire et il nous avait aussi tellement apporté que c'était comme si nous laissions une partie de nous dans ces cent pages. Mais on pouvait être fiers de nous, on avait vraiment fait beau travail avec Thomas. Et il était désormais temps de penser à la suite, et surtout à cette grande ascension qui nous attendait dans quelques jours.

Pendant que je terminais mon mémoire enfermée dans la chambre du petit chalet que nous avions loué pour l'ascension, William et Hugo en ont profité pour faire une petite balade et tester les caméras. Malheureusement, un orage a éclaté et je ne les voyais pas revenir. À leur retour au chalet, ils étaient complètement trempés, il a fallu mettre à sécher le matériel en croisant les doigts pour qu'il n'ait pas été endommagé. Je dois vous avouer que la première soirée a été légèrement tendue car j'avais encore du mal à sortir de mon mémoire et les garçons ont décidé de me faire des blagues qui ne me faisaient pas vraiment rire, mais la soirée s'est bien finie et nous ne sommes pas partis nous coucher très tard car, le lendemain, une sacrée rencontre nous attendait.

Après avoir avalé un rapide petit déjeuner, nous avons pris la route vers la maison « À Chacun son Everest » de Christine Janin. Elle était un immense modèle pour moi et pour beaucoup d'autres personnes, et avoir la chance de la rencontrer était un vrai privilège.

Christine Janin est médecin, elle a été la première française à réussir l'ascension de l'Everest en 1990. Elle a aussi parcouru l'Arctique à skis, atteint le pôle Nord en soixante-deux jours et a été la première européenne à avoir réalisé le Challenge des Sept Sommets. Christine a fondé l'association « À Chacun son Everest » qui permet à des enfants atteints de cancer et de leucémie de se retrouver grâce à des stages en montagne.

Et puis il y avait un autre lien très fort entre Christine et moi, que j'ai découvert grâce à ma tante Anne qui, un mois avant mon départ, m'avait écrit :

« *Ceci m'est revenu en mémoire ce matin, ton papa souhaitait que les dons de son enterrement soient reversés à une association. J'ai naturellement choisi cette association que j'avais découverte lors de ma formation d'éducatrice. Les dons reversés aux obsèques de Marc ont été remis à l'association "À Chacun son Everest", la montagne, les enfants malades et l'espoir !* »

Je lui ai répondu : « *Arrête.* »

Elle m'a dit : « *Je te promets, ça m'est revenu ce matin en me brossant les dents et je me suis dit : "Quelle coïncidence !"* »

Je l'ai alors interrogée : est-ce qu'elle savait que Christine Janin était la première et seule femme française à avoir réalisé le Challenge des Sept Sommets ? Et, cette fois, c'est elle qui n'en revenait pas. Elle m'a alors demandé si je l'avais contactée, je lui ai dit que oui, j'avais rendez-vous avec elle début juillet, juste avant l'ascension du mont Blanc, et que je me réjouissais de la rencontrer.

Arrivée devant le grand portail de Christine, j'étais hyper excitée mais aussi intimidée à l'idée de la rencontrer. Puis je l'ai vue, elle m'a serrée très fort dans ses bras et j'ai compris à quel point on se ressemblait toutes les deux.

Christine force le respect, son énergie est incroyable et communicative. Elle m'a donné de précieux conseils. « Tu n'as aucune obligation, à part revenir. La montagne, ça ne joue pas. Il faut suivre son intuition. L'intuition c'est le cœur, il a toujours raison. Le mental, il va t'emmener là où tu ne veux pas aller. Ça demande plus de courage de faire demi-tour que de continuer à tout prix, et là tu seras respectée. N'écoute pas ce que disent les gens, écoute-toi, écoute ce qui est bien pour toi. Fais-toi plaisir, la joie, c'est la plus belle des émotions. Accueille ce qui arrive. Il y a plus important que de réussir, c'est de le faire bien, avec ton cœur. Soit en connexion avec ton père, il va t'envoyer les messages, il saura te dire stop. Écoute. Ne te mets pas dans le rouge, ça n'a aucun intérêt. Ce ne serait pas juste, ce ne serait pas ce qu'il attend de toi. Et entoure-toi des belles personnes. Je serai toujours là, si tu as besoin, tu m'appelles. Tu as intérêt à ne pas te mettre en danger, c'est la seule chose que je t'impose. »

Nous avons déjeuné ensemble et continué à échanger. Christine m'a fait un incroyable cadeau en m'offrant la veste qu'elle portait pendant ses ascensions et que j'ai portée pour arriver jusqu'au sommet du mont Blanc. Car oui, comme pour le Kilimandjaro, je n'avais pas exactement le bon matériel pour cette ascension et heureusement qu'elle était là pour nous prêter tout un tas d'affaires.

En fin d'après-midi, pour notre dernier entraînement, nous nous sommes lancés pour notre premier Kilomètre du Brévent. Jacques avait eu l'idée de cette course raide avec une montée de 3, 8 kilomètres pour un dénivelé positif cumulé de 1 000 mètres, soit une pente moyenne d'environ 26 % ou 15 degrés. L'idée n'était pas de nous mettre la pression, juste de nous préparer et de nous exercer. Nous avons grimpé à bonne vitesse, mais sans avoir l'œil sur le chrono. C'est Hugo qui a le plus souffert en devant porter les deux caméras pour nous filmer !

Et puis le lendemain matin, c'était le début de la grande aventure, notre projet d'ascension du mont Blanc.

Évidemment, nous n'avons rien trouvé de mieux que de démarrer l'aventure en arrivant en retard à Chamonix pour le rendez-vous avec l'équipe. Comme d'habitude, ça a été un petit peu ma faute, oups. Dans la voiture, nous avons essayé d'inventer une justification relative à la location du chalet. En arrivant, notre guide Denis n'était pas ravi mais, au bout de quelques minutes, il s'est détendu. Le reste de l'équipe était déjà là. Nous étions six au total, deux copains français, Pascal et Vincent, Chloé, une trentenaire venue du Canada, et William, Hugo et moi.

Nous avons commencé par un stage d'alpinisme de deux jours au glacier du Tour pour nous acclimater doucement et faire un premier entraînement pour s'encorder et cramponner.

Nous avons mis quelques heures avant d'arriver au refuge Albert 1er où nous allions passer la nuit. Le soleil tapait vraiment très fort mais les paysages étaient à couper le souffle.

Arrivés au refuge, nous avons mangé un bout rapidement et sommes directement descendus sur le glacier juste en contrebas pour démarrer notre première session d'entraînement.

Le soir, à table, j'ai beaucoup échangé avec Chloé. Quand je lui ai parlé des raisons qui m'avaient conduite là, elle m'a avoué de son côté que si elle tentait aujourd'hui le mont Blanc, c'était à la suite d'un cancer de la peau. Ça m'a bouleversée. Nous sommes partis nous coucher très tôt car, le lendemain matin, le réveil allait sonner à 4 heures pour grimper sur le glacier du Tour.

Nous nous sommes encordés dans la nuit noire. Nous avons chaussé nos crampons pour la montée. Chloé avançait devant moi, j'ai repensé à nos échanges de la veille. Et j'ai pris conscience que sa présence ne pouvait pas être une coïncidence. C'était forcément papa qui l'avait envoyée, c'était forcément un signe de lui… J'ai beaucoup pleuré durant cette montée. La montagne permet vraiment de prendre du recul, du temps pour soi et de réfléchir à des choses auxquelles on n'accorde pas de temps dans notre quotidien. Éloigné de plusieurs mètres de ses camarades à cause de la corde qui nous raccroche les uns aux autres, on est vraiment seul face à soi-même. Je trouve que c'est une vraie thérapie, la montagne.

Nous sommes finalement arrivés au sommet au bout de quelques heures, c'était merveilleux mais le vent soufflait fort. Nous n'avons pas tardé à redescendre : la descente allait être très longue et nous devions être à Chamonix en fin d'après-midi car, le lendemain matin, c'était le grand départ vers le sommet.

Au réveil le lendemain matin, ce n'était pas la grande forme ; je me sentais un peu prise de la gorge et du nez, William avait encore très mal aux pieds à cause de chaussures trop grandes qui lui avaient fait des ampoules la veille, mais la météo était clémente et ce n'étaient pas nos petits soucis qui allaient nous arrêter ce jour-là.

Nous avons pris le petit train en direction du refuge de Tête Rousse. C'était véritablement le début de l'ascension. Quand nous sommes sortis du petit train, le ciel a commencé à se couvrir de nuages noirs très menaçants. Il s'est mis à pleuvoir, le tonnerre a grondé. Un gros orage a éclaté, et je me suis dit : « Pourvu qu'il n'arrive pas la même chose qu'à maman il y a quelques années », et là j'ai dit à mon père : « Papa, fais quelque chose s'il te plaît, tu ne peux pas me faire ça, pas aujourd'hui, protège-nous. » Et, comme par magie, quelques minutes plus tard, les nuages se sont estompés pour laisser place au soleil. Il m'avait entendu, il était là, pas loin de moi, c'était certain. Qu'il ait répondu à mon appel m'a tellement soulagée et détendue. Je me sentais désormais protégée, il était avec nous.

Après trois heures de marche, nous sommes arrivés au refuge de Tête Rousse sans grande difficulté. L'ensemble de l'équipe se sentait en forme et l'ambiance était géniale.

À l'arrivée au refuge, nous sommes rapidement sortis avec Hugo pour profiter des derniers rayons de soleil pour filmer pour notre documentaire et réaliser quelques interviews. On a eu droit à un coucher de soleil spectaculaire avant que le tonnerre éclate de nouveau. À ce moment-là, nous étions dans l'espace commun en train de jouer à des jeux de société avec un Hugo en grande forme en matière de blagues.

Ensuite nous avons eu droit au briefing de Denis sur l'organisation de l'ascension du lendemain. Nous avions trois guides : Denis, Hugues-Antoine et Ilan. Chacun allait avoir deux personnes sur sa corde. Ilan nous a annoncé qu'il allait être notre guide. C'était la première fois qu'il emmenait des clients au sommet, il avait 24 ans, comme moi. Ce choix était aussi dû au fait qu'il avait l'habitude de filmer en montagne et pourrait prendre des images durant l'ascension. Il était confiant, nous aussi. Je pense qu'il ne doutait pas trop de notre niveau.

Vers 20 heures, nous sommes allés nous coucher car, le lendemain, une longue journée nous attendait. Nous allions tenter l'ascension du mont Blanc pour toi, papa. Je me suis installée dans mon petit lit au 3e étage. Le dortoir comptait une vingtaine de couchages et il était plein. J'ai dormi avec mon sac au bout de mon lit, enfin, dormi… plutôt cogité. Comme la nuit précédant l'ascension du Kilimandjaro, je n'ai pas cessé de te parler, de penser à toi, de penser à ce que tu pouvais te dire là-haut de ce que j'étais en train de faire. J'écoutais Einaudi comme très souvent, ses musiques m'emportaient, j'étais sur une autre planète, une planète où tu étais aussi.

La veille, maman m'avait envoyé un extrait d'un livre du dalaï-lama, *Le Droit au bonheur* :

« Le destin de chacun est indissociable de celui de tous.

La vie est une chance,
saisis-la.
La vie est beauté,
admire-la.

La vie est béatitude,
savoure-la.
La vie est un rêve,
fais-en une réalité.
La vie est un défi,
fais-lui face.

La vie est un devoir,
accomplis-le.

La vie est précieuse,
prends-en soin.
La vie est richesse,
conserve-la.

La vie est un mystère,
perce-le.

La vie est une promesse,
remplis-la.

La vie est tristesse,
surmonte-la.

La vie est un hymne,
chante-le.

La vie est une aventure,
ose-la.
La vie est bonheur,
mérite-le.

LA VIE EST LA VIE, DÉFENDS-LA. »

Ce texte faisait tellement écho à tout ce que j'étais en train de vivre, aux émotions, aux rencontres, à l'adrénaline, à l'aventure que je m'apprêtais à vivre dans quelques heures. Ces mots ne m'ont pas quittée et m'ont permis de profiter de chaque seconde de cette ascension exceptionnelle vers le toit de l'Europe occidentale, cette ascension vers toi, mon petit papa.

À 6 heures du matin, nous nous sommes mis en route pour tenter d'atteindre le sommet du mont Blanc ; la météo était parfaite, il n'y avait pas de vent et il ne faisait pas trop froid. J'étais encordée avec Hugo derrière moi et Ilan devant moi, qui avançait à grande vitesse, nous a fait dépasser énormément d'équipes. Dans le couloir du Goûter, je suis restée extrêmement concentrée pour suivre le rythme rapide. Nous sommes arrivés au refuge du Goûter à 7 h 40, en moins de deux heures. Nous

nous sommes juste accordé une courte pause, le temps de boire un Coca.

À 8 h 30, nous sommes repartis pour le sommet. Nous étions désormais dans la neige. La neige, notre élément, notre repère à nous. Je me sentais désormais merveilleusement bien et calme : mon esprit était là-haut avec toi. Je n'étais plus sur terre, je t'avais rejoint le temps de quelques heures. Durant cette ascension, nous ne faisions qu'un. Ça a sans doute été l'ascension la plus forte et la plus intense de ma vie, pas intense physiquement car je n'ai rien ressenti, comme si j'avais été portée jusqu'au sommet. Mais intense dans les émotions dans mon cœur, dans ma tête. J'avais décidé d'aller au bout de ce Challenge des Sept Sommets pour toi et j'étais en train de le faire, je sentais que je pouvais y arriver.

Je le voyais désormais devant moi, il ne restait plus que quelques mètres. Je me répétais dans ma tête ce que tu avais écrit : « *Premier objectif : le mont Blanc à l'été 2005.* » Les larmes ne s'arrêtaient plus de couler, nous étions désormais à l'été 2022, dix-sept ans plus tard, et j'avais réussi, papa, ton premier objectif : le mont Blanc, on y était.

À 11 h 45, nous avons atteint le sommet du mont Blanc parmi les premiers. J'étais coupée du temps, coupée de tout, je regardais autour de moi l'immensité du monde. J'espérais que tu voyais la même chose que moi. Ce qui était sûr, c'est que tu allais désormais reposer ici, pour l'éternité. J'ai sorti ton petit sachet qui était bien au chaud sur mon cœur et dans lequel j'ai pris une toute petite poignée de tes cendres. J'ai serré mon poing très fort car le vent soufflait. J'ai demandé aux garçons de s'éloigner pour me laisser vivre ce moment seule. Ils sont partis et puis j'ai ouvert ma main, et tu es parti aussi, tu t'es envolé au sommet, comme tu l'avais souhaité. Nous étions seuls au sommet, c'était extraordinaire comme je te sentais à côté de moi.

J'ai aussi eu une pensée pour tonton Jean-Louis, qui nous avait quittés huit mois plus tôt, aussi dans la maison de Tatie, comme toi, papa. Quelques jours avant sa mort, je lui avais demandé s'il voulait reposer là-haut avec toi, et il m'avait répondu oui. C'est aussi pour ça que William a décidé de partager cette ascension avec moi, car tonton était comme son deuxième papa.

Nous nous sommes retrouvés après l'ascension au refuge du Goûter avec William, car nous n'avions pas pu nous attendre les uns les autres et chacun était allé à son rythme. Mais, en nous retrouvant, on s'est serrés très fort, on n'avait pas besoin de se dire quoi que ce soit, on savait qu'on avait ressenti la même chose là-haut et j'étais fière de lui. Fière qu'il ait réussi pour papa, pour tonton, c'était important pour nous.

Nous avons profité de cette dernière soirée tous ensemble et, malgré l'altitude, j'ai passé une nuit merveilleuse et apaisée au refuge du Goûter. Tu étais là-haut désormais.

Le défi à vélo

Après la diffusion de *Ça commence aujourd'hui*, Christelle m'avait contactée sur Instagram en me proposant un projet sportif un peu fou. Coach sportif, elle venait de terminer une formation en exercise therapy et cherchait à développer des cours de Pilates pour les personnes atteintes de cancer. Nous avions immédiatement accroché. Christelle s'était lancé le défi d'un Toulouse-Bruxelles à vélo dans le but de récolter des fonds pour la recherche contre le cancer. Elle cherchait des équipiers capables de l'accompagner lors de certaines étapes. C'était tentant, son énergie me plaisait et je m'en sentais capable physiquement.

Je lui ai donc dit banco et j'ai réservé mon billet de train pour aller poursuivre la discussion de vive voix. Je suis arrivée à la gare de Bruxelles-Midi le vendredi 15 avril et ça m'a évidemment beaucoup rappelé l'époque de mon stage chez Guerlain.

Christelle m'attendait sur le quai avec un large sourire et un enthousiasme débordant. J'en étais sûre, ça allait être un sacré périple qu'on allait vivre toutes les deux.

Après une bonne pizza et une nuit de repos, Christelle m'a exposé l'itinéraire que nous allions emprunter pendant dix jours. Nous avons commencé à ficeler le projet, à en définir les étapes. Sur le trajet, l'idée était aussi d'aller à la rencontre de personnes atteintes par le cancer, en rémission ou qui étaient touchées d'une manière ou d'une autre par la maladie.

J'étais gonflée à bloc et ultra-motivée, même si je jonglais entre la fin de mon mémoire et mon travail aux IS. Trois jours avant le départ, j'ai réalisé que j'avais oublié un léger détail. Je n'avais pas encore de vélo ! J'ai lancé illico un appel à l'aide dans une story Instagram. Est-ce que quelqu'un pouvait gentiment m'en prêter un pendant trois semaines ? Si possible avec des sacoches, puisque je partais en autonomie !

La réponse n'a pas tardé. Un vendeur de chez *Decathlon* en tenait un à ma disposition et il se proposait même de le préparer. Coup de bol supplémentaire, mon bienfaiteur habitait à cinq minutes de chez moi. J'ai pu aller récupérer l'engin le dimanche après-midi. Ne me restait plus qu'à trouver comment le faire voyager à Toulouse avec moi, à ne pas oublier d'acheter des housses pour le protéger et surtout à le tester, même si, bon, je n'allais pas avoir beaucoup d'autres options à ma disposition.

Le mardi, j'ai passé mon oral de mémoire. Avec Thomas, nous nous sentions prêts, nous avons fait de notre mieux, et cela a payé.

Et puis, le lendemain, maman m'a déposée à la gare. J'avais deux changements pour Toulouse : un à Paris, un autre à Bordeaux. J'allais devoir affronter le métro à l'heure de pointe avec tout mon barda, en cavalant tant le timing s'annonçait un peu tendu. Cela n'a pas loupé, je suis arrivée en nage à la gare Montparnasse avec trois ou quatre minutes de retard. J'étais épuisée, et j'ai craqué, une petite larme a coulé sur ma joue jusqu'à ce qu'un adorable employé de la SNCF vienne à mon secours. J'ai pu prendre le train suivant pour Bordeaux. J'ai fini par arriver à Toulouse à 1 heure du matin. La gare n'était pas vraiment à côté de l'appartement des amis de Christelle chez qui je dormais…

Le vélo, je l'avais à peine testé quelques minutes sur la piste cyclable près de chez moi. Je n'avais encore jamais roulé avec les sacoches remplies. Christelle et moi, nous avions 1 200 kilomètres à avaler pendant dix jours, non-stop. Cela représentait entre 100 et 130 km par jour. J'avais intérêt à tenir le choc physiquement et mentalement.

Les premières minutes sur la selle, je ne me suis pas sentie très à l'aise. Ce que j'ai bien senti, en revanche, c'est que cela s'annonçait plus compliqué que prévu ! D'autant plus que nous n'avions envisagé qu'une seule journée de pause. J'ai paniqué devant la taille du projet, que j'avais un tantinet sous-estimée. Comme je n'avais pas pensé à devoir affronter des journées sous 40 °C, sans un arbre sur la route pour apporter un peu d'ombre. J'avais peut-être été aussi légère sur la question du dénivelé…

Chaque soir, nous dormions chez l'habitant. Les réseaux sociaux nous avaient permis de trouver des points de chute chez des personnes accueillantes. À côté de Poitiers, nous avons été reçues chez la maman de mon amie Clara, ma coloc à Bordeaux mais aussi celle qui deviendrait mon binôme dans mes projets quelques mois plus tard. Sa maman était une infirmière adorable qui nous a chouchoutées.

Comme nous étions juste à côté de chez Tymeo, avec Anaël nous avons décidé de lui faire une surprise. Je devais les rejoindre tous les trois dans un restaurant chinois, un buffet à volonté, que Tymeo aimait beaucoup. Il ne s'attendait vraiment pas à ma venue et était dos à moi. Au moment où il a tourné la tête et m'a vue arriver, il a caché sa tête dans son coude et a pleuré de joie. La soirée nous a insufflé une belle dose d'énergie et d'amour pour affronter la suite et, surtout, a redonné du sens à notre projet.

Le périple nous a offert de visiter la France autrement. La halte au château de Chambord pour pique-niquer a été un enchantement. Mais nous avons aussi connu des difficultés et notamment des crevaisons à répétition. Nous commencions sérieusement à être en manque de chambres à air. Katia, la femme de mon parrain chez qui nous allions passer la nuit suivante, a eu la gentillesse d'aller nous en acheter. Leur maison avec piscine en Touraine était idéalement située sur notre trajet. La nuit chez eux a été réparatrice et délicieuse.

À l'approche de Paris, la fatigue s'est faite plus intense encore. J'étais tellement à bout de forces que j'ai songé à arrêter. Cela aurait été plus raisonnable. Mais j'ai pris la décision de continuer. Je m'étais engagée sur un Toulouse-Bruxelles, pas un Toulouse-Paris, et abandonner n'avait jamais trop fait partie de mes plans, vous l'aurez compris.

À une trentaine de kilomètres de Lille, la pluie et le vent ont violemment uni leurs forces. C'en était trop. J'ai craqué, j'ai posé mon vélo sur le bas-côté. Je me suis allongée par terre et j'ai dormi sous la pluie pendant un quart d'heure. Cela m'a aidée à reprendre mes esprits, à me remobiliser. Je me suis dit : « Lâche pas » et j'ai puisé dans mes dernières forces pour repartir.

Je n'étais pourtant pas au bout de mes peines. J'allais au-devant de ma seule gamelle du parcours. Lors de la dernière ligne droite avant Bruxelles, le pneu de mon vélo s'est pris dans le rail du tramway. J'ai glissé, je suis tombée en récoltant un gros choc à la tête et un flanc éraflé.

Nous sommes arrivées avec Christelle le 23 juillet, après dix jours de périple. Ma maman avait fait le déplacement de Strasbourg pour me retrouver à Bruxelles et je l'entendais crier : « Bravo les filles ! » Elle a enchaîné au moment où j'arrivais près d'elle : « Bravo ma louloute, ma chouchoute d'amour, ma courageuse, c'est génial ce que t'as fait, maintenant je vais m'occuper de toi. » J'étais émue d'avoir réussi, émue de l'avoir retrouvée, émue qu'encore une fois qu'elle soit là à m'encourager et à me soutenir, tout comme la trentaine de personnes qui s'étaient déplacées pour fêter notre arrivée.

Nous avons aussi réussi à récolter 4 000 € pour la recherche contre le cancer. La moitié que j'allais reverser à l'IRCAD, l'institut de recherche fondé par le professeur Marescaux à Strasbourg, et l'autre moitié à un institut de recherche à Bruxelles, et ça aussi c'était une belle réussite pour Christelle et moi. Nous nous sommes quittées avec beaucoup d'émotion et nous nous sommes promis de nous retrouver dès que possible.

Et c'est ce qu'on a fait, puisque, quelques mois plus, tard elle m'a accompagnée à l'IRCAD pour remettre le chèque en mains propres au Pr Marescaux, celui qui avait opéré mon père en 2004 et qui avait prolongé sa vie de trois ans. Celui sans qui tout ce projet n'aurait jamais existé. Mon admiration pour cette personne était restée intacte. Ma mère avait d'ailleurs retrouvé un petit carnet dans lequel mon père avait noté des phrases que j'avais dites et qui l'avaient marqué :

« *Papa, c'est pas grave. De toute manière, on se retrouvera au ciel pour la vie éternelle.* »

« *Quand tu seras guéri, je te dirai ce que j'ai dit au psychiatre. Maintenant, je parle à Jésus.* »

Et il y avait celle-ci :

« *Tu connais Marescaux ? C'est celui qui a sauvé mon père.* »

Alors, pouvoir le revoir après autant d'années, le remercier de vive voix pour tout ce qu'il avait fait… Pour mon père, pour ma mère, pour moi et pour tous les autres malades qu'il avait opérés, c'était hyper important pour moi. Même si mon père n'était plus là, les choses auraient été vraiment différentes sans son intervention. Alors, pour tout ça, je voulais moi aussi lui apporter un tout petit peu mon aide en lui remettant ce chèque. Puis nous avons pu échanger quelques minutes et il m'a dédicacé la

BD, celle avec laquelle tout avait commencé. Celle où étaient rangées les lettres de mon père.

Projets et opportunités

Quatre jours plus tard, j'ai été invitée par la région Grand Est à Troyes pour assister à une étape du Tour de France féminin. Après avoir traversé la France sur une selle, je comprenais mieux l'exploit réalisé chaque jour par les coureuses et l'intensité physique que ça impliquait.

Après ce tourbillon depuis le début de l'année, il était vraiment temps pour moi de faire une petite pause. J'ai pris une grosse semaine de vacances avec maman à Arzon et j'ai essayé de déconnecter autant que j'ai pu, même si, honnêtement, je n'arrive jamais à déconnecter.

Je savais qu'après ça, il me restait encore quinze jours d'alternance à Paris, et je commençais à me réjouir de pouvoir me consacrer à 100 % à tous mes projets. J'avais beaucoup appris et je sentais que c'était pour moi le moment de me lancer et d'aller au bout de nos projets de films avec Hugo, mais aussi dans l'organisation de notre prochaine expédition en Argentine à l'Aconcagua. Il fallait aussi trouver de nouveaux sponsors et faire grandir l'association. Je pensais me laisser un an pour voir jusqu'où je pourrais aller avant de chercher un CDI.

Et puis, finalement, fin juillet, mes plans ont encore complètement changé. Jérôme Fechter, le codirecteur des Internationaux de Strasbourg, m'a envoyé sur LinkedIn un message qui a chamboulé mes projets.

« *J'espère que tu vas bien. Je te passe ce petit vocal parce que je ne sais plus très bien où tu en es au niveau de tes engagements professionnels, si ton projet associatif prend aujourd'hui tout ton temps. Mais si ça ne devait pas être le cas, on est en train de réfléchir à l'ouverture d'un poste aux Internationaux de Strasbourg. J'ai pensé à toi, je voulais t'en parler. On ne se connaît pas bien, mais ça pourrait être quelque chose qui pourrait t'intéresser. Je suis à Strasbourg jusqu'au 14 août, si tu es dans les parages, on peut se prendre un café, en discuter, ne serait-ce que par téléphone. Et puis si tu es déjà engagée de ton côté, réponds-moi que c'est mort, on aura d'autres occasions de se revoir dans d'autres circonstances.* »

Je ne m'attendais pas du tout à une telle proposition, mais il avait raison, c'était quelque chose qui pouvait vraiment m'intéresser et j'avais eu l'occasion, durant l'édition du mois de mai précédent, de rencontrer l'équipe avec laquelle j'avais super bien accroché. Je lui ai alors répondu :

« *Bonjour Jérôme, merci beaucoup pour ton message, et d'avoir pensé à moi, je suis ravie !*

Pour le moment, je termine mon alternance au sein de MHD début septembre. J'avais initialement prévu de me consacrer au projet ensuite, mais je ne te cache pas que je reste très intéressée par cette proposition. La seule question, c'est la flexibilité par rapport à mes départs d'ascension.

Peut-être pourrions-nous déjà en discuter et voir ce qu'il est possible de faire ?

En tout cas, l'idée de travailler pour les IS pourrait vraiment me plaire.

Je rentre peut-être en Alsace en fin de semaine prochaine ; si tu es disponible, on peut en parler autour d'un café et sinon par téléphone !

Bon week-end,

Merci encore,

Constance »

Nous nous sommes appelés quelques jours plus tard. J'avais besoin de bien comprendre le poste. M'engager pour un CDD me paraissait compliqué. Cela m'intéressait, mais je ne savais pas si j'en étais capable. Pendant une heure au téléphone, j'ai été la plus transparente possible avec lui. Je n'étais pas en capacité de travailler à plein temps. Il n'y avait pas de problème pour lui, il était flexible, ouvert à la discussion et prêt à s'adapter. Cette proposition d'un poste consistant à chercher des sponsors et des clients pour les IS était juste incroyable et, encore une fois, je l'ai vu comme un signe.

Un mois avant de rentrer à Paris, j'avais la perspective d'un emploi au sein d'une petite équipe, avec un aspect commercial qui correspondait à mes études.

Quelques jours après, j'ai eu un entretien avec Denis, le directeur des IS. Sur le ton de l'humour, il m'a bien recommandé de chercher des sponsors pour les IS, et pas pour mes sommets ! Le message est bien passé. Le 31 août, j'ai fêté mon dernier anniversaire à Paris sur un Bateau-Mouche avec tous les copains de l'école de commerce : Maria, Clara, Hugo, Jules, Kilian, Lila, Thomas…

J'ai quitté la capitale avec un grand sourire, après un ultime footing dans le bois de Boulogne. Avant de rentrer à Strasbourg, je devais passer quelques jours à Montpellier chez une amie. À la gare de Lyon, un monsieur en fauteuil roulant électrique a proposé de tracter une de mes valises en me voyant à la peine. Ce monsieur s'est présenté. Frédéric Tissot avait été médecin généraliste et professeur à Sciences Po. Il avait été premier consul de France au Kurdistan et avait écrit un livre, *L'Homme debout*[1], préfacé par Bernard Kouchner. Je lui ai parlé de mon rêve d'écrire moi aussi un jour un livre. Nous avons échangé nos numéros et continué à converser pendant mon séjour dans le Sud. À mon retour de Montpellier, en transit pour Strasbourg, nous nous sommes donné rendez-vous pour un café parisien. C'est cette fois à la gare de l'Est qu'il a tiré une de mes valises !

À la rentrée, je me suis installée chez maman, où j'ai retrouvé ma chambre au premier étage. L'objectif était d'y rester un an, le temps que tout se mette en place.

1. Stock, 2016.

Le lundi 5 septembre, je me suis assise pour la première fois à mon bureau au siège des IS, à côté de la place de la République. Je retrouvais Strasbourg après plus de cinq années d'absence. Au début, je me suis sentie un peu perdue. Chercher de nouveaux sponsors n'était pas si simple, je me mettais beaucoup de pression. Mes collègues Delphine et Louise m'ont beaucoup aidée, Louise aussi. Grâce à elles, j'ai trouvé ma place au sein de l'équipe et je n'ai jamais eu envie de partir malgré des propositions très intéressantes et des projets à ne plus savoir où donner de la tête.

Le 23 septembre, avec Hugo et Jacques, nous avons continué à nous entraîner pour notre expédition qui arrivait à grands pas : l'ascension de l'Aconcagua, le plus haut sommet d'Amérique du Sud, qui culmine à 6 991 mètres. Pour nous préparer, nous avons voulu tenter l'ascension du mont Blanc en 24 heures. Comme la première fois s'était bien passée, nous pensions pouvoir réitérer sans problème, sauf que ça ne s'est pas du tout passé comme prévu.

Nous avons quitté Strasbourg après le travail, à 17 heures. À l'arrivée à Saint-Gervais-les-Bains à 23 h 45, nous avons dormi quarante-cinq minutes avant de nous lancer. C'était peut-être un peu audacieux. Au bout de quatre heures de marche, nous étions déjà cuits. Une pause a été obligatoire, surtout pour Jacques, et nous avons décidé de dormir trente minutes à même le sol.

Puis nous sommes arrivés au niveau du passage du couloir du Goûter, une partie technique où je n'étais pas à l'aise et Jacques encore moins ; nous

nous sommes regardés avec Hugo. Il était le seul vraiment à l'aise en escalade et commençait à se refroidir tellement nous n'étions pas rapides. Nous avons pris plus de deux heures de retard sur le planning que nous nous étions fixé. À l'arrivée au refuge du Goûter, après une ascension du couloir compliquée, Jacques nous a annoncé qu'il n'irait pas plus loin, qu'il était trop fatigué.

Hugo et moi étions fatigués aussi et pas assez préparés. Mais nous nous sentions encore prêts à continuer. Nous avons cependant décidé d'y aller sans pression et sans objectif, ce n'était pas grave de ne pas aller au bout ce jour-là.

Arrivée au refuge Vallot à 4 362 mètres, je voyais derrière moi Hugo qui ne se sentait vraiment pas très bien ; il avait puisé dans ses réserves et n'avait pas assez mangé. De mon côté, ce n'était pas la grande forme non plus. Ce n'était pas raisonnable, nous n'avancions plus assez vite. Le vent soufflait beaucoup trop, les nuages arrivaient et la descente s'annonçait elle aussi périlleuse, car il fallait arriver jusqu'à la voiture et ça allait être encore très très très long. J'ai pris la décision d'arrêter.

Arrivés à la voiture la nuit suivante, nous ne parvenions plus à bouger ; nous avons dormi là, sans manger et sans boire et, le matin même, on est rentrés en Alsace. Oui, je vous le confirme, on n'avait pas toujours de bonnes idées.

Au cours des semaines qui ont suivi, j'ai enchaîné les courses et les trails en Alsace pour la lutte contre le cancer mais aussi pour me préparer à l'ascension à venir. Je me disais que lier les deux était vraiment le bon compromis. Et puis, fin octobre, je suis partie à Lyon courir la Scintillante avec Emma, qui deviendrait quelques mois plus tard la responsable du pôle de Lyon de l'association.

Emma m'avait écrit fin juillet sur Instagram. Elle trouvait mon projet remarquable, me disait de ne rien lâcher et d'aller au bout. Elle serait ravie de contribuer d'une façon ou d'une autre aux projets de l'association. Elle avait aussi perdu sa maman d'un cancer quelques mois plus tôt et était vraiment touchée par ma démarche et mon projet.

Elle m'a ensuite recontactée fin août pour me dire qu'elle avait besoin de mon aide pour un projet. Elle s'était inscrite en octobre à la Scintillante, une course caritative à Lyon, et avait pour objectif de récolter un maximum de fonds au bénéfice du centre hospitalier Léon Bérard, un hôpital spécialisé en cancérologie.

J'étais ravie de pouvoir l'aider et de partager sa cagnotte sur les réseaux, et je lui ai même dit que j'allais venir à Lyon courir avec elle. Avec Emma, l'entente a été instantanée. Et c'est comme ça qu'on a décidé de créer un pôle de l'association dans une nouvelle ville, Lyon.

Depuis la création de l'association, l'un de mes objectifs était de nouer des partenariats avec des hôpitaux car ils étaient en contact direct avec les malades et leur famille.

Une première étape a été franchie lorsque nous avons validé notre partenariat avec l'ICANS, l'institut de cancérologie de Strasbourg. Cet hôpital est une référence dans la prise en charge, la recherche, la prévention et l'enseignement en cancérologie en Alsace. Nous avons commencé par organiser des permanences à l'hôpital chaque premier vendredi du mois. Nous étions la première association de l'hôpital à proposer un accompagnement pour les enfants de malades et j'ai réalisé, après de nombreux échanges avec eux, à quel point il y avait du pain sur la planche pour entourer les aidants.

Début novembre, quelques jours avant le grand départ en Argentine, j'ai invité Tymeo, Anaël et Alyssia à Strasbourg. Je savais que Tymeo était passionné de basket et j'en avais parlé à Serge, de l'entreprise Eberhardt, qui nous avait proposé des places à l'année pour en faire profiter les familles de l'association. Mais, pour ce match-là, on est allés un peu plus loin. Dix enfants de l'association, dont Tymeo, ont eu la chance de faire l'entrée des joueurs de la SIG. Il ne se doutait absolument de rien avant d'arriver devant le parquet de basket, où je lui ai annoncé la nouvelle ; il ne voulait pas me croire. On a passé une merveilleuse soirée tous ensemble et, de manière générale, un week-end inoubliable. Quand je les ai déposés à la gare le dimanche après-midi, la séparation a été difficile. Tymeo m'a fait un cœur sur la vitre du train, je lui en ai fait un en retour et lui ai envoyé un bisou, puis le train est parti.

Chapitre 6

L'Aconcagua

Le 28 novembre 2022 à 8 h 19, j'arrivais aux portes de l'aéroport de Francfort. C'était le début de notre voyage en Argentine. Mais ce voyage s'est avéré bien plus compliqué que prévu. Comme nous avions un budget extrêmement limité, je n'ai pas eu d'autre choix que de réserver des billets d'avion qui nous forçaient à faire un trajet de plus de 24 heures avec de nombreux arrêts, et nous n'avions même pas le même trajet avec Hugo. Alors ce matin-là, je suis arrivée toute seule avec ma maman.

Sauf que dans la voiture pour l'aéroport, j'ai reçu une notification et là, la catastrophe, j'ai appris qu'on avait besoin du pass Covid. Je ne comprenais pas, parce que j'avais pourtant vérifié. Mais je n'avais vérifié que pour notre destination finale, l'Argentine, et pas pour mon escale aux États-Unis.

J'avais fait un premier vaccin au moment de l'ouverture des vaccinations, puis j'avais attrapé la Covid, ensuite plus rien. Je n'étais donc pas à jour. Aux États-Unis, ça ne passerait pas. Panique à bord. Il a fallu trouver d'urgence une solution. En arrivant sur place, j'ai tenté de négocier, d'expliquer la situation, mais c'était impossible, je ne pouvais pas prendre ce vol. Je suis restée calme et je me suis dit : « Tant pis, je n'ai pas d'autre choix que de racheter un vol, je dois arriver en Argentine demain en milieu d'après-midi, c'est la priorité. » Maman était calme aussi et nous sommes allées ensemble au guichet pour trouver un vol qui me permettrait d'arriver le lendemain à Mendoza.

J'en ai trouvé un qui partait dans la soirée, il ne me restait plus qu'à attendre. J'ai fait un énorme bisou à mère et nous nous sommes quittées. Deux heures plus tard, Hugo m'a rejointe à l'aéroport, je peux vous dire qu'il n'a fait que plaisanter sur mon erreur du matin même et nous avons beaucoup rigolé durant ce déjeuner improvisé. Mais je trouvais quand même Hugo très pâle. Il avait été extrêmement malade les jours précédant le départ. Il était au fond du lit, épuisé, et ne pouvait rien faire d'autre que dormir. Ça m'avait vraiment beaucoup inquiétée pour l'expédition qui nous attendait, mais il m'avait dit de ne pas m'en faire : « Ça va le faire » était sa phrase préférée.

Comme je venais d'être bloquée à l'aéroport à cause de mon pass, je lui ai conseillé de faire un test PCR avant de prendre son avion, ce que nous sommes allés faire ensemble.

Puis il a pris son avion pour Bâle et moi j'ai pris une chambre d'hôtel pour dormir quelques heures, car nous étions lundi soir et le début de l'ascension était le mercredi suivant, avec tout le décalage horaire à gérer aussi.

En arrivant à Bâle, Hugo a eu les résultats de son test Covid. Il a ouvert l'application pour les découvrir et, là, il n'en a pas cru ses yeux : il était positif. Hugo avait en fait la Covid depuis plusieurs jours, et c'était évidemment ça qui l'avait complètement achevé.

Au culot, il s'est quand même présenté pour le vol suivant, où on l'a laissé passer sans contrôle. Mais il savait qu'il avait encore un arrêt au Brésil ensuite, et qu'on pouvait vraiment l'arrêter là. Je vous laisse imaginer le vol qu'il a passé, sachant que pour couronner le tout, Hugo n'a peur de rien, sauf de l'avion. Il déteste vraiment ça…

Moi, je n'étais encore au courant de rien car j'étais dans l'avion pour Londres. Mon vol avait pris plus d'une heure de retard à cause d'une alerte à la bombe et nous avions été bloqués dans l'appareil.

Quand il a atterri, j'ai couru comme une folle vers le guichet de la compagnie aérienne. J'ai donné tous mes papiers que j'avais déjà, tout prêts, à la main. La dame les a pris, puis elle m'a dit très calmement : « Je suis désolée, l'embarquement pour ce vol est terminé mais ne vous inquiétez pas, nous allons vous prévoir un hôtel pour la nuit et le premier vol demain matin. » Il était 20 h 30, et là, par contre, je n'ai plus réussi à tenir, j'étais vraiment à bout et j'ai pleuré devant elle. Je lui ai expliqué que c'était impossible pour moi d'attendre le lendemain, que j'étais attendue à 15 heures au plus tard à Mendoza pour une ascension programmé dans l'après-midi, et que je ne pouvais vraiment pas la rater. Voyant l'urgence de la situation, elle a décroché son téléphone ; j'ai compris qu'elle essayait de trouver une solution. Puis elle m'a regardée et m'a dit avec le sourire : « OK, c'est bon, venez avec moi. » Nous avons couru ensemble comme des dingues pour aller jusqu'à la porte d'embarquement. Dans l'avion, j'ai failli pleurer de joie. Je n'ai pas eu le temps de me réjouir très longtemps : juste avant de décoller, j'ai découvert le message d'Hugo : « J'ai la Covid. » Et puis une autre inquiétude : mes affaires, est-ce qu'elles avaient pu me suivre, vu le délai hyper serré ?

Je suis arrivée à 5 h 50 à l'aéroport de São Paulo. J'étais épuisée après vingt-quatre heures de transit, mais vraiment contente d'être arrivée au moins en Amérique du Sud : je commençais à me rapprocher de l'objectif, ce qui semblait aussi compliqué qu'une ascension !

Deux heures plus tard, Hugo atterrissait à son tour, totalement en vrac. Il a repris des couleurs en me racontant son périple épique. En rigolant, il m'a dit qu'il avait cru voir la mort à cause des turbulences. « Ça y est, c'est fini, je vais crever avant d'arriver au sommet. » Le pauvre n'avait rien avalé de la journée à part un Redbull, il avait vomi après avoir englouti un paquet entier de bonbons. J'ai honte, mais ça m'a fait exploser de rire. J'ai arrêté de rire quand Hugo m'a parlé du message que lui avait envoyé Jacques, qui devait faire l'ascension de l'Aconcagua avec nous et qui nous avait aidés dans les préparatifs de cette expédition. C'était le même Jacques qui devait faire l'ascension du mont Blanc avec nous en juillet mais qu'on n'avait pas vu, et le même avec qui on était partis quelques semaines plus tôt pour faire l'ascension de ce sommet en 24 heures, qu'on n'a pas réussie non plus. Hugo m'a tendu son téléphone, j'ai lu le message :

« *Hugo*

J'ai loupé ma correspondance à São Paulo et mon bagage en soute est peut-être perdu, donc la suite de l'expédition me semble compromise, désolé. »

Le message s'arrêtait là. Hugo lui a répondu : « Tu vas trouver un autre avion pour l'Argentine », mais il ne nous a plus jamais répondu après ça, plus jamais. Et pourtant nous lui avons écrit chacun des dizaines de messages. Je savais qu'il allait bien car j'avais un ami qui le connaissait et qui m'avait donné de ses nouvelles mais nous, nous n'avons plus eu de son ni d'image après ce « désolé ».

Et là, je me suis dit : « Mais c'est pas possible, cette expédition est un cauchemar ! Je rate mon avion, Hugo a la Covid, Jacques nous annonce ne pas continuer l'aventure avant même d'avoir commencé… » Ça commençait à faire beaucoup !

Mais bon, nous avons décidé de garder le sourire avec Hugo et, dans chaque situation, de choisir d'en rire plutôt que d'en pleurer et de se dire que tout allait finir par s'arranger. Déjà, point positif : nous avions le même avion pour Mendoza et ça nous a déjà rassurés : nous finirions ce périple ensemble.

Nous avons décollé de São Paulo à 10 h 30. Fatigués, mais installés l'un à côté de l'autre pour la première fois depuis le départ. À 15 h 14, nous avons enfin touché le sol argentin en nous posant à Mendoza. J'avais le sourire aux lèvres, j'ai encore plus savouré le moment après avoir bien récupéré toutes mes affaires, car, oui, la bonne nouvelle, c'était que toutes nos affaires étaient bien arrivées. Nous avions encore une heure de route pour retrouver notre guide dans un magasin où nous devions acheter le matériel qui nous manquait.

Quand il a inspecté nos sacs, le guide nous a dit sèchement qu'il nous manquait l'essentiel. Ma carte bleue a chauffé. Nous avons dû lâcher 1 800 euros pour nous équiper, je continuais de sourire mais je vous avoue que je n'étais pas ravie.

Un seul exemple pour vous donner une idée : en Argentine, une gourde en plastique Nalgene, qui coûte 15,99 € en France, coûtait 200 dollars à cause des taxes sur les produits importés… Et non, je vous assure, ce n'est pas du tout une blague, celle-là. Nous avons fini par récupérer tout ce qui nous manquait et avons pris la route. J'ai décidé d'oublier cet épisode, ce n'était pas la priorité et, la prochaine fois, vraiment, je vérifierais mieux nos sacs avant de partir. Que ce soit la dernière fois qu'on soit si mal organisés.

Nous avons dormi à Penitentes, une toute petite ville à quelques minutes de la porte d'entrée du parc national de l'Aconcagua, où nous allions nous rendre le lendemain matin.

Malgré la fatigue extrême, on a super mal dormi avec Hugo, on était un peu chamboulés et, surtout, Hugo avait encore la Covid… Mais on a décidé d'entamer la journée avec le sourire, alors on s'est installés au petit déjeuner avec plein de bonnes énergies et là, en mettant la connexion internet, j'ai reçu un adorable message vocal de Tymeo qui m'encourageait pour l'ascension. Ça m'a remontée à bloc et remis les idées en place. J'étais aussi là pour eux, pour leur montrer que tout est possible dans la vie et pour la cause que je souhaitais défendre. Ce n'étaient pas quelques soucis d'organisation qui allaient m'arrêter, loin de là.

Après le petit déjeuner, le guide nous a entraînés à monter notre tente, nous y sommes arrivés sans trop de mal. Il nous paraissait de plus en plus sympathique, on sentait qu'il aimait vraiment son boulot et n'était pas juste là pour l'argent. Nous sommes partis à 11 h 50 pour l'entrée du parc de l'Aconcagua. Nous avons récupéré les passes et commencé à marcher vers notre première étape, Confluencia, 3 390 mètres d'altitude. La route était très désertique, avec beaucoup de vent, rien de trop dur pour le moment.

À 15 heures nous sommes arrivés au camp et avons découvert notre tente pour la nuit. C'était un grand dôme avec des lits superposés de tous les côtés et deux lits superposés au centre. Avec Hugo, on a décidé de s'installer au centre, en haut. Je crois que c'étaient surtout les dernières places qu'il restait. On était en forme à notre arrivée, je me souviens qu'on n'a pas arrêté de faire des blagues et de rigoler, Hugo n'arrêtait pas de péter et moi, ça me faisait exploser de rire. Il me disait : « Mais, Constance, si j'ai plus le droit de péter à 4 000 mètres, là où il n'y a plus de civilisation et où le mot "wifi" n'existe pas, j'ai pas le droit de péter, non mais à un moment donné, oh ! » avec ses grands gestes. Puis je lui ai lancé en rigolant encore : « Je crois qu'il y a la wifi ici… » Il m'a fait une tête encore plus drôle et a répondu du grand n'importe quoi. On ne s'ennuyait jamais nous deux, ça, je peux vous le dire, jamais ! Et, c'est certain, ces expéditions n'auraient pas du tout eu les mêmes saveurs sans lui et son énergie débordante à toute épreuve, même avec la Covid.

On a quand même fini par se calmer et faire une petite sieste en attendant l'arrivée de Maxime.

Il était arrivé deux jours avant nous et avait déjà commencé à s'acclimater. Maxime était celui avec qui nous avions fait l'ascension du Jura quelques mois auparavant. Il nous avait expliqué que son prochain projet était aussi l'ascension de l'Aconcagua, et c'est comme ça qu'on a décidé de faire cette ascension ensemble. Nous avons aussi rencontré notre second guide et avons décidé de faire un point tous ensemble dans notre tente mess, la tente où nous allions nous retrouver pour manger le soir.

Avec nos guides, nous avons regardé le planning. Et là, mauvaise nouvelle. Il allait falloir totalement le changer si on ne voulait pas rater l'avion du retour. Cela passerait si on décidait de retirer certains jours de pause prévus pendant l'ascension, trois au total. Cela risquait d'être vraiment chaud, nous avons croisé les doigts en espérant que ça passe. Vous devez vous dire : « Mais comment vous avez réussi à prendre un vol aussi rapidement ? » Pour être honnête, Jacques nous avait dit qu'on était capables de le faire en moins de temps, alors on n'a pas réfléchi, on l'a suivi et on a pris les vols qu'il nous avait recommandés. C'est vrai que, là, on regrettait un peu, parce que pas de jour de repos signifie une acclimatation plus courte et donc un plus gros risque d'avoir le mal aigu des montagnes. Mais bon, c'était fait, il ne valait mieux pas penser à tout ça. On allait avancer au jour le jour et on verrait bien le moment venu si on devait prendre une décision. En attendant, il fallait faire nos premiers tests médicaux pour vérifier notre rythme cardiaque et notre taux d'oxygène. Nous avons fait ces tests à chaque camp. Heureusement, tout le monde allait parfaitement bien.

La journée s'est achevée avec un coucher de soleil incroyable de beauté qui a atténué la défaite de l'équipe de France en finale de la Coupe du monde contre l'Argentine, car, oui, nous étions en Argentine pile au moment de la Coupe du monde et les camps ne vivaient qu'à travers le foot pendant les quinze jours que nous avons passé là-bas.

Le lendemain matin, les mules nous attendaient déjà pour récupérer les affaires dont nous n'allions pas avoir besoin dans la journée et, à 8 heures, c'était le top départ pour le camp de base Plaza de Mulas.

Il faisait très froid, mais j'avais la grosse doudoune de Christine Janin avec la capuche qui me tenait très chaud. Au bout de deux heures, le soleil est venu nous réchauffer, nous avons même vite eu trop chaud, mais on devait rester couverts de la tête aux pieds, c'était obligatoire ici. Cette journée a été interminable, nous avons traversé un désert appelé la Playa Ancha sur 10 km : cela a duré des heures et des heures. J'avais l'impression que je n'allais jamais voir notre objectif. Passé le désert, nous sommes arrivés sur une partie plus raide et plus technique, la Cuesta Brava, la dernière partie avant d'atteindre le camp. Il nous a fallu près de neuf heures de marche pour gagner Plaza de Mulas, à 4 300 mètres d'altitude. J'avais un peu mal à la tête. Hugo, lui, n'était vraiment pas bien malgré les vitamines D qu'il avait avalées. Je ne l'avais jamais vu comme ça et je commençais sérieusement à m'inquiéter. Dans quel état on allait être, dans quelques jours, à 7 000 mètres ? Il n'a rien mangé, il a juste réussi à boire de l'eau chaude. Mais ça lui a fait beaucoup de bien et, juste avant de dormir, je sentais qu'il commençait à redevenir lui-même ; enfin, il a repris les blagues, donc je me suis dit que ça allait forcément mieux. Il est arrivé dans la salle de bains et m'a dit : « Oh, vous êtes là, vous ! Buvez 4 l d'eau par jour, ça peut vous sauver la vie ! » Maxime a répliqué : « Mais c'est incroyable, tu te sens cent fois mieux, là ! » Il a répondu : « Mais c'est le thé, mec, boire du thé, ça m'a sauvé la vie. Avant, j'avais envie de mettre la tête dans les chiottes, maintenant, j'ai envie de mettre la tête dans l'Aconcagua. » Vous vous doutez que j'étais morte de rire et que je n'arrivais plus à me brosser les dents.

En arrivant dans la tente, il n'était toujours pas calmé et, surtout, il faisait terriblement froid. Il a déclaré : « Je pense que si j'enlève un vêtement, je perds une couille. » J'ai rétorqué : « OK, croisons les doigts pour que ça n'arrive pas. » Installée dans mon sac de couchage, je dis bonne nuit aux garçons et Hugo me demande d'attendre deux secondes. Il n'était pas encore installé dans son sac lorsqu'il a repris : « Je m'enfile telle une coquille vide. Par contre, je veux bien qu'ils fassent des lits, mais si c'est des lits de 1 m 50 pour des mecs de 1 m 80, franchement, ça peut pas le faire non plus. » Maxime a riposté : « Oh, tu exagères… » Il lui a répondu : « J'ai le cul qui dépasse, OK ? Tu sais ce que c'est de dormir avec un cul qui dépasse ? »

Il n'arrivait toujours pas à se mettre dans son sac de couchage et se sentait trop serré avec sa grosse veste, ses gants, son tour du cou monté jusqu'en haut et son bonnet par-dessus. Mais on a fini par éteindre les feux et tenté de dormir, même si cette première nuit a été parmi les plus froides de ma vie.

Le matin suivant, après le petit déjeuner, j'ai tout de suite dit aux garçons qu'il fallait qu'on change la disposition des lits. On les a collés et mis au milieu. En fait, la tente n'était pas du tout hermétique et il y avait 5 cm de bâillement partout, donc c'était vraiment comme si on dormait dehors.

C'était une journée de pause, alors on en a profité pour visiter le camp et faire des interviews avec les cuisiniers et toutes les personnes qui s'occupaient du lieu, qui était particulièrement grand. On s'est reposés au maximum l'après-midi comme il faisait chaud avec le soleil qui tapait, en se disant que si jamais on repassait une nuit aussi glaciale, on aurait au moins quelques heures de sommeil de notre sieste. On en a aussi profité pour vérifier nos crampons et notre matériel.

Hugo avait retrouvé l'appétit et mangeait du dulce de leche à la petite cuillère, c'est de la confiture de lait, une spécialité du pays particulièrement bonne.

Le lendemain matin, nous sommes montés jusqu'au camp 1 le Plaza Canada à 5 050 mètres pour déposer des affaires car, comme nous avions fait à l'économie, nous n'avions pas de porteurs, c'était à nous de monter l'intégralité de nos affaires.

Et là j'ai vraiment souffert, je n'avais jamais porté un sac aussi lourd de ma vie. Je pense qu'il devait se rapprocher des 25 kg. À chaque pas, j'avais un peu plus l'impression que mes épaules allaient se détacher du reste de mon corps et l'altitude commençait vraiment à se faire sentir aussi. La gestion de l'altitude ici n'avait rien à voir avec le mont Blanc, c'était vraiment beaucoup plus difficile et je commençais à comprendre pourquoi il n'y avait que 35 % de réussite pour cette ascension. Et, pour la première fois depuis le début de cette montée, je t'ai demandé ton aide. Je n'allais pas réussir sans toi, je le sentais. Je t'ai demandé d'alléger mon sac, d'apaiser mes douleurs de dos et d'épaules et, on y croit ou non, au bout de quelques minutes, tout est passé. J'avais l'impression que mon sac ne pesait plus rien et mes épaules ne souffraient plus. J'ai regardé le ciel, et j'ai chuchoté : « Merci papa. » Et j'ai eu l'impression que tu m'as répondu. Pendant quelques minutes, j'ai vraiment eu le sentiment que tu étais là, j'arrivais presque à sentir ta main sur mon épaule. C'était incroyable, un moment coupé du temps qui m'a redonné tellement de courage pour continuer à grimper et à atteindre ce sommet.

C'est en arrivant au camp 1 que j'ai décidé de raconter à notre guide pourquoi j'étais là. Déjà très émue de tout ce qui venait de m'arriver dans la montée, j'ai tenté de lui expliquer sans pleurer et puis, quand il a compris, il m'a serrée dans ses bras et c'est lui qui s'est mis à pleurer. Il avait des filles, un peu plus jeunes que moi, et il comprenait tellement mon projet. Il m'a regardée dans les yeux et m'a dit : « Je te promets qu'on fera tout pour que ton papa repose là-haut. »

J'étais heureuse de lui avoir expliqué à ce moment-là, c'était vraiment le bon moment.

Nous avons ensuite déposé toutes les affaires et nous sommes redescendus. Nous avons passé la soirée avec les cuisiniers du camp de base. On jouait aux cartes, on rigolait, on les écoutait jouer de la guitare. Et puis, en arrivant à la tente, Maxime a pris le temps d'expliquer à Hugo comment fermer son sac de couchage pour qu'il soit le plus hermétique possible. Ça a été un très très grand moment, je pense que j'ai pleuré de rire pendant au moins trente minutes. Il chantait : « Je vais enfin dormir tranquillement sans avoir froid, c'est génial, après quatre mois dans le froid ! Oh, comme je suis heureux, vraiment merci, Max, on fait un enfant et on l'appelle Pedro, je sais pas, on fait un truc ! » Max a répondu : « Moi, je l'appellerais Oscar plutôt. »

Je ne pouvais plus parler tellement je rigolais. Puis Hugo m'a dit : « T'as pété ? » J'ai répondu : « Non. » Il a répliqué : « Ah, c'est moi qui pue je pense... Ah mais je pue en fait, punaise, la montagne, ça me réussit pas, moi ! » Il était dans un véritable one man show et je pense qu'après les ascensions, ce sera sa vocation. Après cette petite heure de rigolade, nous avons tenté de dormir. Et, le lendemain matin, on a été réveillés par les gouttes car, comme la nuit la tente gelait, dès que le soleil se levait, tout dégelait sur nos têtes. Max avait carrément décidé de se mettre sous son lit et Hugo s'était levé pour regarder les gouttes tomber sur son lit. Encore une belle journée qui commençait à l'Aconcagua, heureusement c'était une journée de pause dont on a profité à fond. Après le petit déjeuner, nous nous sommes prêtés une nouvelle fois aux tests médicaux, nous avons vérifié nos tensions et nos cœurs. Nous étions aptes au service, le permis d'ascension nous a été délivré. La nuit suivante n'a toujours pas été idéale, mais on savait qu'il fallait se reposer au maximum car, le lendemain, on quittait définitivement le camp de base pour le camp 1 et le sommeil n'allait pas s'arranger en montant.

Nous avons quitté le camp de base vers 10 heures avec des grands adieux à tous les amis qu'on s'y était faits, et particulièrement tous les cuisiniers avec qui on avait passé beaucoup de temps.

De mon côté, je redoutais vraiment de refaire cette ascension, mais elle s'est finalement beaucoup mieux passée que la première fois et, arrivée au camp

1, j'étais aux anges. C'était vraiment le début de l'aventure. Il n'y avait personne, nous étions seuls au monde, je ne pensais même pas que c'était possible. Nous avons installé notre tente tous les trois, toujours avec une bonne humeur légendaire, puis nous avons eu un cours de grosse commission. Eh oui, à partir de là c'était un sac-poubelle et il fallait viser juste, parce que le sac c'était à toi de le redescendre après. Le guide nous a expliqué le fonctionnement avec beaucoup d'humour mais personne n'a tenté l'expérience ce soir-là. Nos guides avaient préparé le repas dans leur petite tente où ils avaient installé le réchaud et commençaient à faire griller du riz avec des légumes. Et nous avons mangé face à la montagne avec un coucher de soleil extraordinaire et je me suis dit : « Mais quelle chance incroyable d'être ici. »

À 20 h 30, on s'est installés dans notre tente qui n'était absolument pas adaptée pour trois personnes et nos sacs. J'avais l'impression d'être collée à la paroi de la tente mais par contre, pour une fois, je n'ai pas du tout eu froid. Une tente hermétique, c'est quand même beaucoup mieux pour la nuit.

Le lendemain matin, 6 décembre, nous avons plié nos tentes et sommes partis rapidement vers le camp suivant : Nido de Condores, 5 500 mètres d'altitude.

Dans la montée, Hugo n'arrêtait pas de se plaindre du poids de son sac. Je lui ai alors lancé : « Tu sais, c'est dur pour tout le monde, ça ne sert à rien de râler. » C'était la première fois de toute l'expédition qu'on s'engueulait, mais avec Hugo on ne sait pas faire semblant, ni lui, ni moi. L'orage entre nous a vraiment éclaté à l'arrivée. On s'est dit nos quatre vérités et on ne s'est plus adressé la parole jusqu'au soir même. On s'est alors tous les deux excusés platement, mais on s'est aussi dit que c'était normal, on était en train de vivre quelque chose de très intense et difficile et, surtout, on était ensemble 24h/24. Et puis, lui devait filmer, ce qui rendait son ascension encore plus compliquée et son sac encore plus lourd. Moi, j'avais la pression de la réussite pour mon papa, pour l'association mais aussi pour nos soutiens et nos partenaires qui avaient investi sur nous et que je ne voulais pas décevoir…

Nous avons regardé le coucher de soleil avec Hugo. Cela nous a remis du baume au cœur. Nous rappeler que nous sommes comme frère et sœur, et que ça ne changerait jamais.

Le jour d'après était un jour off forcé. Nous n'avons pas eu le choix, car une tempête nous empêchait de sortir de notre tente. Comme nous n'arrivions pas non plus à dormir, Maxime a proposé ses services de masseur pour atténuer nos maux de dos. Après ça, Hugo a été le premier à tenter les toilettes. Avec son humour légendaire, il n'a pas résisté à nous détailler les difficultés rencontrées !

Après un dernier coucher de soleil au camp 2 et une nuit plus calme avec enfin un peu moins de vent, nous sommes partis le lendemain matin vers le camp 3, Berlin, à 5 930 mètres. Les effets de l'altitude se faisaient sentir, mais j'étais dans ma bulle, en connexion avec mon papa, et je n'étais déjà presque plus là.

En arrivant au camp, toute l'équipe se sentait plutôt bien, à la surprise générale. Il faut savoir que, quelques jours plus tôt, on nous a annoncé que deux guides de Chamonix avaient dû se faire rapatrier à la suite d'un grave mal aigu des montagnes, et on s'était dit qu'on risquait vraiment de souffrir. Pourtant, jusque-là, tout allait plutôt bien pour nous et tant mieux, ma bonne étoile veillait sur nous. Nous sommes arrivés au camp vers 14 heures, on a planté notre tente, on a mangé, et c'était l'heure du briefing final avec nos guides. J'avais du mal à réaliser que ça y était, c'était déjà demain. Ils ont commencé à nous expliquer que ça allait être une très très longue et difficile journée, sans doute la plus difficile de notre vie. Qu'eux-mêmes n'étaient pas certains de réussir à atteindre le sommet car, même pour eux, c'était une très grosse épreuve. J'ai regardé Hugo, j'ai cru mal comprendre. Il nous a ensuite dit que la météo n'était pas bonne, que beaucoup de vent était prévu. On allait tenter et voir comment la météo évoluerait ; si le vent ne se calmait pas, on ne pourrait pas atteindre le sommet. Il était hyper sérieux, là, il n'était plus question de s'amuser. On est sortis tous les trois de la tente et on s'est dit : « OK, ça va vraiment être dur. » On était encore une fois totalement seuls, pas une seule tente sur le camp. On avait vraiment l'impression que personne n'allait tenter l'ascension le lendemain. On est allés jusqu'à la bordure du camp et, là, on s'est serrés très fort dans les bras en se disant que, peu importe où on irait le lendemain, on pouvait être fiers de nous, fiers de notre trio et fiers de notre aventure qui resterait gravée à jamais. Et c'était vrai, on avait vécu une expédition incroyable et on avait profité de chaque seconde. Les garçons sont partis et moi je suis restée quelques minutes toute seule. C'était maintenant mon petit papa, il ne fallait pas nous lâcher, on allait avoir besoin de toi plus que jamais.

Nous nous sommes réveillés à 3 heures du matin et le vent était à deux doigts de retourner la tente tellement il était puissant. Je me suis demandé comment on allait pouvoir sortir de là et surtout comment on allait tenir les dix-sept heures d'ascension qui nous attendaient. J'ai essayé de ne pas y penser, mais ça me semblait vraiment insurmontable.

Nous avons pris la décision de partir malgré tout. Les premières heures ont été d'une difficulté que je ne peux même pas décrire, le vent était tellement fort qu'il me déplaçait de plusieurs mètres à chaque bourrasque. Je n'allais pas pouvoir tenir dix-sept heures comme ça. Je n'avais plus qu'à prier, je n'ai fait que ça pendant trois heures non-stop, je t'ai supplié d'arrêter le vent, de nous permettre d'atteindre le sommet, j'avais tellement envie et besoin de pouvoir te déposer là-haut, papa. Nous sommes arrivés à 7 h 30 à Independencia, à 6 380 mètres. Les effets de l'altitude se sont fait sentir, mais nous étions encore bien, comparé à notre état quelques heures plus tard. Mais le plus important s'était produit, tu avais entendu mes prières, papa, tu avais réussi à arrêter le vent. Le miracle était arrivé et les guides n'en revenaient pas. C'était forcément un signe de toi, un signe qui m'a redonné le sourire pour les quelques heures qui ont suivi. Nous avons ensuite traversé la Canaleta, c'était étroit, pentu et difficile. Il était 10 h 57 à notre arrivée à l'Acueva, à 6 550 mètres. Et là, notre état commençait à se dégrader, comme celui de tout le monde d'ailleurs. À partir de là, nous n'avons plus réussi ni à boire ni à manger, sauf qu'il nous restait encore dix heures avant de retourner au camp.

La suite a été sans doute les plus longues heures de ma vie : interminables, épuisantes, douloureuses. J'étais ailleurs mais, cette fois, je tenais juste à la force du peu de mental qui me restait pour continuer à grimper. Ça a été sans aucun doute l'un des moments les plus difficiles de ma vie. Je n'arrivais plus à penser, je n'étais plus du tout lucide, je n'arrivais presque plus à avoir conscience de là où on était. Quand finalement, quatre heures plus tard, nous avons vu le sommet au loin, l'émotion est arrivée. Il était 15 heures, nous marchions depuis plus de onze heures et nous y étions, il était là, à quelques mètres de nous, comme un mirage. À bout de forces, nous avons gravi les derniers mètres jusqu'à nous effondrer au sommet. En sanglots, j'ai dit à Hugo : « On a réussi, Hugo, on a réussi ! » Lui aussi était allé puiser au bout de ses réserves, nous avions tout donné, tout. Ce sommet avait été d'une exigence que je n'avais pas imaginée. Mais nous avons tous réussi alors que la grande majorité des grimpeurs qu'on a croisés ce jour-là n'avaient pas atteint le sommet, nous n'avions rien lâché. Et je ne pouvais que te dire merci papa, merci d'avoir été là avec nous, de nous avoir tous aidés, j'en étais sûre, c'était grâce à toi qu'on avait réussi à arriver là-haut. J'ai regardé l'immensité du paysage et je me suis dit que tu allais être merveilleusement bien ici, la vue était incroyable. Il était désormais temps pour toi de reposer là, sur le plus haut sommet d'Amérique du Sud, l'Aconcagua, à 6 991 mètres.

Je suis allée tout au bout du sommet et, pour la troisième fois, je l'ai fait, j'ai dispersé les cendres de papa qui reposera là à jamais. J'ai aussi déposé les cendres de tonton Jean-Louis et une petite plume pour la maman de Manon, décédée quelques mois plus tôt d'un cancer. Et puis j'ai pensé à tous les enfants de l'association, à tous les parents aussi, à toutes les personnes qui se battent contre le cancer, je suis arrivée là-haut pour vous et vous m'avez donné tellement de force pour y arriver. J'avais hâte de pouvoir serrer ma maman dans mes bras, elle aussi, elle était là, elle m'avait aidée et poussée. Maintenant, il fallait d'abord redescendre, et ça a aussi été la plus longue et difficile descente de toute ma vie. Ni Hugo ni moi n'étions encore conscients de ce qui se passait. La fatigue extrême, l'altitude, le manque d'eau et de nourriture, nous n'avions plus d'énergie du tout, nous étions vidés. Hugo vomissait sur le chemin, moi je tombais de fatigue et je me mettais à rêver en quelques secondes de choses incroyables. Nous avons mis six heures à redescendre, les six plus longues heures de ma vie. À 20 h 30, quand nous avons enfin vu au loin le camp, je n'arrivais presque plus à y croire. Nous n'avons pas cherché à comprendre, nous nous sommes installés dans la tente, sans boire et sans manger, et nous nous sommes endormis comme ça jusqu'au petit matin.

Nous nous sommes réveillés un peu plus tard le lendemain pour amorcer la descente au camp 2, où nous nous sommes arrêtés quelques minutes. Au camp de base, nous avons été accueillis comme des rois avec un burger et du Coca. Nous ne sentions plus nos lèvres et nos nez, mais ça a été le plus grand plaisir possible et imaginable ! Le plaisir de partager enfin un vrai repas, et pas uniquement du grignotage, comme les cinq derniers jours. Après la nuit au camp de base, nous sommes partis vers Mendoza où nous sommes arrivés à 23 heures, sans pouvoir en profiter. Il me restait à vivre un moment touchant. Un Argentin à dos de mule s'est arrêté devant moi et m'a tendu un papier plié. Il avait été mandaté par notre cuisinier favori pour me remettre un gentil mot auquel j'ai repensé quand l'avion a décollé à l'aube, le lendemain. L'arrivée à l'aéroport de Francfort m'a offert un dernier fou rire. Hugo et moi n'avions pas pris le même avion. Il était arrivé avant moi, mais il avait perdu trois heures à chercher sa voiture qu'il ne retrouvait pas sur le parking ; oui, jusqu'au bout, rien n'a été simple dans cette expédition, mais on se la rappellera, on se rappellera très longtemps même tous ces moments vécus là-bas, toutes ces rencontres, tous ces fous rires, toutes ces émotions, toi là-haut.

Chapitre 7

Rêves et chutes

Ma longue ascension se poursuivait… plus intense encore. Mes démarches ainsi que l'association faisaient écho tout autour de nous, je trouvais cela merveilleux, tout aussi fascinant et enrichissant qu'épuisant psychologiquement. Début janvier 2023, je suis revenue à Lyon avec Emma, le cœur battant comme à la veille d'une course. Nous avons poussé la porte du centre Léon-Bérard où, entre la rumeur assourdie des couloirs blancs et l'odeur sage du café de la cafétéria, deux mamans, Nassima et Maëtte, m'ont abordée avec cette détermination douce des gens qui veulent bâtir du solide. Elles m'ont demandé si elles pouvaient rejoindre l'association. C'est ainsi que le pôle lyonnais est né sous nos yeux, simple et évident, tandis que les semaines suivantes se sont mises à filer en procession lumineuse : un week-end à Courchevel pour la Coupe du monde de ski où nous avons vibré au rythme des slaloms de Clément Noël, un baptême de l'air surprise pour Amar, le fils de Nassima qui rêvait de piloter et qui est ressorti du cockpit avec des étoiles au front, ses premières leçons de ski où l'équilibre est devenu sourire, puis un match de rugby offert par un nouveau sponsor, pendant qu'Augustin, chez Eberhardt, parlait de nous à Dimotrans et que Salvatore, leur PDG, se montrait d'une générosité folle, confirmant que, bien souvent, le bouche-à-oreille travaillait pour nous mieux qu'aucune campagne.

En janvier encore, Lisa Friess m'a écrit un message qui vibrait d'attention et d'élan, me disant combien mon histoire la touchait, combien elle suivait chacune de mes opérations, et cette jeune femme sportive, diplômée en droit et en finance, a voulu s'associer au projet ; ensemble nous avons organisé une conférence au Foyer des étudiants catholiques de Strasbourg, puis elle m'a épaulée pour la projection à l'UGC de notre film mont Blanc, achevé avec Hugo sur les chapeaux de roues. Et, là où nous espérions au mieux vingt-cinq personnes, il y avait, le soir venu, la queue sur le trottoir, chaque strapontin occupé, des gens assis sur les marches, une chaleur de salle comble qui me donnait la sensation physique qu'une chaîne invisible se formait autour de nous.

Dans ce mouvement, Hervé Lamorlette a joué un rôle décisif, arrivé par l'entremise de Lisa Ulmer lors de la projection, et sa façon d'être – réactive, chaleureuse, avec ce côté « papa poule » qui m'allait droit au cœur – a compté au-delà des chiffres, puisqu'il a été deux fois un sponsor capital pour le Denali, et que, par sa confiance, il a ajouté de la hauteur à notre ambition et du calme à nos nuits.

Christelle, une maman strasbourgeoise, nous a rejoints elle aussi et, longtemps, elle n'a pas parlé de sa santé… Ce même cancer du pancréas qui m'avait pris papa… Puis, en mai, dans le tumulte joyeux du NL Contest, elle m'a glissé d'une voix égale : « J'espère que ça ira pour mes enfants quand je ne serai plus là », et j'ai senti la phrase me traverser comme un vent froid avant que Christophe Schalk de Top Music n'organise, pour Justine et Évan, ses enfants, une rencontre surprise avec Matt Pokora et la SIG.

Ce fut notre dernier moment ensemble, elle est partie peu après…

Je suis restée longtemps effondrée, avec cette conviction têtue qu'il fallait faire grandir la promesse que je lui avais faite.

Marina, elle, était en rémission quand elle m'a contactée, avec ce besoin de se consacrer et cette envie d'agir qui débordaient dans chacun de ses messages. Sa petite Romy, trois ans, boucles blondes, yeux bleus, ajoutait à tout instant une lumière de fin d'après-midi. Marina a propulsé le pôle de Lille, nous avons donné une conférence à « la Catho » où Éloïse, assise dans la salle, nous a rejoints ensuite et, quelques jours plus tard, autour d'un café près de Lille, j'ai retrouvé Marina. Elle était exactement comme je l'avais imaginée : solaire, positive, structurante, tandis que Romy, plus solaire encore, grimpait sur mes genoux comme si nous nous connaissions depuis toujours, et je me suis dit que c'était ainsi que mon association tenait debout : par ces visages, ces mains, ces élans qui, de proche en proche, dessinaient un chemin de confiance.

Après Strasbourg, Hugo et moi avons rêvé plus grand et plus haut, et Paris s'est imposé comme la prochaine arête naturelle. J'ai composé le numéro d'Annika Horn avec ce mélange d'audace et de trac qui précède les belles chances, elle m'a donné le bon contact et, pour moi qui voyais dans le *Grand Rex* la plus belle salle possible, nous avons réservé la petite salle, juste à notre mesure. Pendant que je sentais monter cette vibration physique, presque une rumeur dans la poitrine, qui annonce que quelque chose se met en place, Mehdi Zidane, le neveu de Zinedine et tout premier parrain de l'association, nous a alors prêté sa voix, sa présence et sa blessure – il avait perdu son père d'un cancer – pour dire quelques mots avant la projection. Marina, quant à elle, a fait la route depuis Lille, parce qu'être là ce soir-là, c'était rejoindre une cordée au pied d'une paroi qui compte, et parce que ces gestes-là fabriquent de la force collective.

Trois jours plus tard, je me suis tenue debout devant une école de commerce à Strasbourg, avec cette attention qui se déploie quand on s'adresse à des visages jeunes, et j'ai raconté, à l'invitation de Lauryn, comment un projet devient un chemin. Nous avons lancé un concours étudiant pour imaginer notre charte graphique, son équipe a remporté le premier prix et, semaine après semaine, je l'ai vue s'impliquer davantage, prendre des responsabilités, répondre présente. Nous étions débordés – mais heureux – et dépassés par les événements, nous ne pouvions plus suivre le rythme. L'évidence était devant nous. Pendant deux ans, l'engagement de Lauryn avait été remarquable. C'était elle qu'il fallait embaucher ! Nous l'avons alors vue passer du bénévolat au salariat, comme si la place qu'elle occupait désormais avait toujours été la sienne et attendait simplement le moment juste pour être nommée.

Les Internationaux de Strasbourg, cette année-là, ont exigé la précision d'un horloger et l'endurance d'un coureur de fond : quarante mille spectateurs, une petite équipe soudée, des plannings tendus comme des cordes où chaque geste devait tomber juste, et, tandis que nous tenions la cadence, il ne restait plus que trois semaines avant l'Alaska et je n'avais toujours aucun équipementier. Éric, d'*Altitude Sports Colmar*, m'a présenté à Millet, qui était pour moi la meilleure marque de montagne. Quarante-huit heures plus tard, la réponse a claqué comme un « banco » qui vous redresse, avec, en prime, un contrat d'ambassadrice. Trois jours après, à Colmar, nous avons récupéré l'équipement, je me souviens du soulagement presque palpable dans l'air du magasin, des tissus qu'on froisse, des fermetures qui glissent, de ce sentiment d'être enfin équipée pour ce qui vient.

Le dernier jour des IS, Marie-Christine et Guy, de la Caisse d'Épargne Grand Est, m'ont fait la surprise d'annoncer que la banque devenait partenaire, il s'agissait de la première banque à nous ouvrir ses bras, un moment historique que j'ai reçu comme une chaleur dans le dos. Et, dans les studios de Top Music, j'ai échangé avec un certain Harry Roselmack. Il s'est présenté avec une simplicité désarmante. Je lui ai confié mon rêve de *Sept à Huit* et mon envie d'écrire, et son conseil, net et bienveillant, a posé une marche supplémentaire sous mon pied : « Écris d'abord. » Ce n'était pas tombé dans l'oreille d'une sourde, et je suis sortie du studio avec l'impression qu'un nouveau pan du chemin venait d'apparaître.

Je refermais ce chapitre avec, sous la peau, la neige du Goûter, les marches du Brévent et l'haleine sèche de la Canaleta ; avec, dans le cœur, l'image de cendres levées au vent et une idée simple, tenace : chaque sommet comptait, bien sûr, mais ce que nous gravissions surtout, c'était la courbe d'un sourire d'enfant qui revient. Ce sommet-là, je n'en redescendrai jamais.

Chapitre 8

Montées et redescentes

En arrivant à 11 heures à Francfort, je ne pouvais pas m'empêcher de me demander si nous allions encore rencontrer des soucis sur notre route. Les catastrophes de notre dernière expédition avaient laissé des traces. Mais il y avait déjà une différence notoire : nous allions cette fois voyager à bord du même avion, avec un vol direct. Je n'ai pu m'empêcher d'avoir des craintes jusqu'au moment de m'asseoir sur mon siège. Une fois installée, j'ai décompressé, en me disant que cette fois tout irait bien.

Nous partions plus confiants, Hugo et moi. L'Aconcagua, nous ne pensions pas y arriver, et nous l'avions fait. Nous nous sentions plus affûtés physiquement et mieux équipés pour le Denali. J'étais peut-être trop détendue. Beaucoup de signes auraient dû me mettre la puce à l'oreille, mais j'ai choisi de faire la sourde oreille…

À Anchorage, nous avons rencontré les trois guides américains et le chef d'expédition. À

Talkeetna, le petit avion qui allait nous amener au camp de base en survolant les crevasses nous attendait. Nous y sommes arrivés à 12 h 30. Nous avons planté notre tente, mangé un bout avant d'apprendre à attacher nos pulkas, les traîneaux dédiés au transport des affaires et du matériel.

La nuit a été courte et compliquée avant le réveil à 1 heure du matin. Il faisait déjà jour, car, en Alaska, il ne fait jamais nuit à cette période, mais on ne voyait absolument rien. La météo était catastrophique. À 9 heures, à l'arrivée au camp 1, je m'attendais à trouver quelque chose. Mais il n'y avait rien, pas une pancarte, pas une tente. Juste une étendue de neige à perte de vue. Nous avons vérifié la sécurité de la zone avec une sonde. Il a fallu aplanir le sol avant de planter notre tente, cela nous a pris deux heures.

Nous n'allions plus pouvoir tirer la pulka pour l'expédition, elle était trop lourde et la montée trop raide. À la moitié du chemin, nous avons dû creuser un trou dans la neige afin d'y laisser nos affaires – pour ne pas toutes les porter en une fois –, en veillant bien à planter un piquet suffisamment repérable si nous voulions les retrouver ensuite. Nous avons eu droit à quelques minutes d'éclaircie, mais sinon, c'était du pur brouillard. Cela nous a contraints à patienter sagement dans la tente jusqu'au surlendemain.

Nous n'étions pas super joyeux avec Hugo. Pour nous détendre, nous nous sommes lancés dans un concours de muscles et dans un bras de fer. Évidemment, c'est Hugo qui a gagné, en même temps, je n'ai pas beaucoup forcé. Au moment du départ pour le camp 2, le temps était toujours couvert. Sur place, cette fois, il y avait un peu de monde, nous ne nous sentions plus seuls. Nous avons dormi là une nuit, puis nous sommes descendus récupérer les affaires au cache, avant de remonter au camp 2 et d'y dormir, parfaitement conscients que nous allions devoir recommencer à creuser un nouveau cache entre le camp 2 et le camp 3 !

Hugo et moi étions plutôt confiants, nous pensions avoir tout pris en compte pour le succès de cette expédition. Tout sauf une chose : les personnes avec qui on allait partir. Généralement, je m'entends bien, voire très bien, avec 95 % des gens que je rencontre. Et pas toujours autant avec les 5 autres pourcents ! Entre le guide et moi, ça a coincé tout de suite. Je reconnais avoir parfois mon petit caractère. Il y a une chose qui m'énerve par-dessus tout, c'est qu'on me parle mal. Encore plus pendant une journée entière. Je n'ai pas compris pourquoi il était à ce point odieux avec moi.

J'ai demandé à en changer. J'ai besoin d'être en paix, d'être zen, entourée par des personnes qui comprennent pourquoi je fais ce que je fais. Encore plus dans un univers comme celui-ci, je ne voulais pas être polluée par quelqu'un de négatif. Je n'avais plus dix ans, je n'étais pas en colonie de vacances, j'ai dit stop.

Nous avions commis l'erreur de ne pas prendre en compte l'environnement dans lequel nous partions. Ni les motivations ni le niveau physique des gens qui partaient avec nous. L'ambiance était loin d'être au top, et même plutôt morose. Avec Hugo, nous passons 95 % de la journée à déconner à propos de n'importe quoi. Là, franchement, ce n'était absolument pas possible. Tout le monde affichait un sérieux d'un ennui mortel.

Il était aussi très frustrant d'être en Alaska et de ne pas pouvoir profiter des paysages. Nous sommes restés au camp 2 à ne rien faire pendant une journée off, prévue pour nous permettre de nous acclimater. Le lendemain, en route pour le camp 3, nous avons retrouvé de l'espoir lorsque la météo s'est nettement améliorée.

Nous avons commencé à entrevoir la possibilité d'arriver à nos fins. J'avoue être tout le temps positive, alors qu'Hugo est d'une nature plus sceptique. Au milieu du chemin vers le camp 4, le High Camp, nous avons fait une halte pour déposer nos affaires avant de redescendre dormir. Une nouvelle journée de repos était prévue. Je n'étais pas trop pour. J'avais peur que la fenêtre météo ne soit trop courte, mais je n'ai pas réussi à convaincre les guides.

Nous sommes repartis sous un soleil exceptionnel. Une dame du parc national que nous avons croisée nous a dit que c'était la plus belle journée de la saison selon elle. Intérieurement, je me suis dit : « Merci, papa, je savais que tu serais là. » Nous avons planté nos tentes pour pouvoir vite nous coucher et nous endormir à 20 heures.

Obstacles et renoncements

À 7 h 30, on avait commencé à se préparer quand les guides sont venus nous dire qu'on pouvait dormir une heure de plus. Ils nous ont ramené de l'eau chaude pour le petit-déjeuner. Vingt minutes plus tard, changement total : le chef d'expédition nous a convoqués. Les autres équipes étaient déjà sur le départ. Il nous a demandé si on voulait tenter l'ascension ou pas, en rappelant le risque à cause du vent. Il nous laissait « le choix ».

Je pensais que personne ne renoncerait. Nous étions cinq clients : deux Américains, un Chinois, Hugo et moi. L'un des Américains, qui se préparait depuis trois ans, a dit : « J'en ai assez vu de l'Alaska, je choisis de descendre. » Le deuxième, 18 ans, a suivi. Le Chinois aussi.

Avec Hugo, on est restés figés. On venait de comprendre que l'expédition s'arrêtait là. J'ai essayé de négocier : « Emmenez-nous quand même, trouvons une solution. » Refus net. C'était toute l'équipe ou personne. La colère est montée d'un coup, mêlée à la fatigue et à une énorme déception. Je tremblais. Hugo a essayé de me calmer, lui aussi était très en colère.

On a fini par trouver un compromis : redescendre au camp 3 et chercher une autre équipe pour tenter le sommet. On savait qu'on risquait d'y être bloqués plusieurs jours. Trois heures plus tard, le chef est revenu : « Personne. Départ pour le camp de base dans trente minutes. »

Je n'ai pas compris. On ne s'y attendait pas du tout. Descendre maintenant ? Alors qu'un coup de vent suffisait déjà à tout compliquer ? L'incompréhension m'a submergée.

Une grosse tempête se levait. On a démonté la tente en plein vent et on est partis. Du camp 3, on a basculé vers le camp 2 : la tempête gagnait en force à chaque pas. Toutes les équipes continuaient malgré tout. Nous aussi. On est partis à 19 heures et on a marché toute la nuit, sans s'arrêter. Le guide était perdu par moments, il ne savait plus où passer. Il a failli tomber dans une crevasse ; Hugo l'a rattrapé à temps. À 7 h 30, on a atteint le camp de base dans un état catastrophique. C'était le pire cauchemar de ma vie, la nuit la plus difficile physiquement et mentalement. On n'avait pas réussi. Le retour avait été forcé, sans le temps de réagir, de comprendre, de digérer.

Au camp de base, on n'a même pas monté la tente. On a laissé nos affaires dehors. À 15 heures, il s'est remis à neiger. À 16 heures, un avion a tenté de se poser trois fois, puis a fait demi-tour. On était trempés quand le chef nous a annoncé qu'on dormirait là. On n'a pas mangé. Et surtout, après avoir marché toute la nuit dans la tempête pour attraper un avion, on allait passer une nuit de plus au camp de base… sans nourriture.

Le lendemain, on est montés en silence dans un petit avion pour Anchorage. Le bus jusqu'à l'hôtel avait la même ambiance : lourde, vide. Le soir, on est restés dans la chambre, avec une seule envie : rentrer le plus vite possible.

Le 7 juillet, nous avons atterri à Francfort en essayant d'accepter l'échec. Nous savions que nous y retournerions quelques mois plus tard. Malgré tout, il y avait en nous un mélange de frustration et d'incompréhension. C'était dur à avaler.

Au début, j'ai cru que c'était un échec, point. Plus tard, j'ai compris que c'était un apprentissage. Comme si mon père me soufflait : Constance, ne sois pas trop sûre de toi. Reste humble. La montagne sera toujours plus forte. On n'apprend pas de ses succès, on apprend de ses chutes. Il fallait que je trébuche pour comprendre. Je l'ai compris après et j'ai mesuré à quel point c'était important pour la suite.

Cette expédition a aussi gravé une autre leçon : ces aventures doivent se vivre pleinement, avec une équipe soudée. Profiter de chaque instant, pas seulement de la photo au sommet. L'approche, le camp, les cordées, les gestes simples : tout compte.

Alors on s'est remis au travail. Nous devions corriger nos erreurs, renforcer le collectif, et remonter en selle vite. Plus humbles, plus prêts, et avec l'envie de faire les choses bien, du premier pas jusqu'au dernier.

Tenir et retenir

Peu avant le départ pour le Denali, j'avais appris la rechute du cancer de Marina. Elle avait dû lever le pied pour l'association et recommencer la chimio en espérant qu'il ne soit pas trop tard. Elle m'avait envoyé des messages déchirants où elle évoquait ses peurs, sa colère, sa volonté de se battre jusqu'au bout. Elle voulait offrir un chat à ses « poulettes » et les emmener à Disneyland Paris. Un autre projet tenait à cœur à Marina : organiser son mariage sur ses terres en Italie, dans les Pouilles, sans prétendant mais avec tous ses amis. Un moment où elle revêtirait une robe blanche bohème et se passerait au doigt un anneau de pâte, comme dans *Peau d'âne*[1], les pieds dans l'eau. Avoir échoué à gravir le Denali me peinait pour elle, qui m'avait tant soutenue. J'aurais tant aimé partager une dernière victoire avec elle.

En juillet, nous avions rêvé d'un week-end de voile en Bretagne avec Marina, ses filles et notre parrain Fabrice Amedeo, et j'avais déjà imaginé le clapot sur la coque, le rire des petites, l'odeur d'iode qui lave la tête, mais l'état de Marina s'est

1. Charles Perrault, *Recueil de pièces curieuses et nouvelles tant en prose qu'en vers*, La Haye, Adrien Moëtjens, 1694.

brusquement dégradé et j'ai refermé le calendrier en me promettant de rester utile, de rester présente, tout en acceptant qu'il fallait, pour elle, ménager le peu d'énergie qui lui restait.

En août, après le départ du Tour de France à Besançon que nous avions vécu avec les enfants de l'association, j'ai coupé tout son pendant quelques jours, presque sans culpabilité, parce que mon corps réclamait une halte et que la tête ne suivait plus, et je me suis laissée remplir par la lenteur des Alpes italiennes, par des matinées qui sentent la résine et le linge chaud, par des marches où l'on ne pense à rien sinon à placer un pied devant l'autre pour pouvoir, ensuite, recommencer à porter les autres.

Fabrice, ancien journaliste au *Figaro* devenu navigateur, était lui aussi devenu parrain de l'association, et je me souvenais encore du tout premier message, en décembre 2021, dans lequel je l'avais remercié d'avoir liké plusieurs photos, et de sa réponse qui m'avait touchée par sa simplicité : « Merci de me dire merci. Votre histoire avec votre papa est super touchante. » Puis, un an plus tard, cet autre message… La nouvelle de la mort de sa maman, emportée par la même maladie que papa. Je me souviens de la pudeur avec laquelle il m'avait décrit ces trois années passées à l'accompagner.

Il nous avait conviés au départ de la Transat Jacques-Vabre au Havre, « avec les invités de ton choix », avait-il précisé, et, sous une pluie continue qui collait les vêtements et rendait la mer couleur d'étain, nous sommes partis avec Julien, le papa de Léon, Basile et Gustave, dont la maman s'était éteinte quelques semaines auparavant. Nous avons partagé le train, les sandwichs, des silences un peu gauches, puis, très vite, cette façon qu'ont les enfants de remettre la vie au centre, et Basile m'a demandé d'une voix égale, presque scientifique : « Est-ce que tu as vu ton père mort ? », et j'ai répondu oui, simplement, et il a dit : « D'accord. » Ce « d'accord » a posé sur la journée une gravité douce qui n'empêchait pas la joie, car le week-end s'est fait lumineux malgré tout, Fabrice a collé le logo de l'association sur le mât de *Newrest-Brioche Pasquier*, nous sommes montés à bord avec une fierté d'équipage, et, plus tard, il finirait douzième, ce qui, pour nous, valait une victoire.

Sur la route du Havre, après avoir joué et parlé avec les garçons, j'ai rouvert mon dossier TedX EM LYON, parce que deux mois de préparation n'empêchent pas la panique de s'inviter la veille et qu'une coach m'attendait pour caler chaque respiration de ces quinze minutes filmées qui n'autorisent ni l'à-peu-près ni l'improvisation. Je n'avais jamais vraiment trouvé le temps de travailler avec elle autant qu'il l'aurait fallu, alors j'avais appris mon texte par cœur, ce qui ne me ressemble pas, moi qui parle d'instinct. Le jour J, j'ai laissé le trac monter avec les deux premiers mots, puis j'ai déroulé, phrase après phrase, comme on franchit une arête :

sans courir, sans s'arrêter, en fixant un point devant soi.

Notre première soirée de Noël avec l'association est tombée le soir de l'élection de Miss France, et il allait de soi que nous soutenions Adeline, notre marraine, qui représentait l'Alsace. À la salle des fêtes d'Eschau, les petites se sont agglutinées devant l'écran, cheveux nattés et doigts collants de jus d'orange, les garçons pas moins excités, et, si Adeline n'était pas entrée dans les quinze, pour nous cela ne comptait pas, parce qu'elle restait la plus belle, et que, ce que nous célébrions là, c'était sa fidélité et la leur, cette joie collective qui, l'espace d'un soir, rend la maladie moins large.

Pendant ce temps, Marina déclinait, et je composais avec cette vérité comme on avance dans une neige lourde, en tenant ensemble la tristesse et l'obligation d'être pragmatique, d'organiser, de programmer, de répondre aux mails, de porter l'association sans la laisser vaciller. Pour Noël, nous espérions offrir à Romy une journée à Disneyland Paris, et Marina a eu la joie de la lui annoncer mais, le 25 décembre, elle était trop faible pour venir, elle rentrait en chimio le lendemain, ses jours comptés, le risque d'hémorragie suspendu sur chaque geste.

Le 28 décembre, nous nous sommes parlé pour la dernière fois.

Voix basse, mots choisis, gratitude, promesses que l'on tient avant même de les formuler… Puis elle s'est éteinte le 31, un jour de fête, comme elle l'avait voulu, et j'ai senti à quel point décembre, cette année-là, était devenu un mois de lumière fragile où l'on apprend, ensemble, à tenir une bougie contre le vent.

Le 19 janvier, emmitouflés jusqu'aux yeux, nous avons retrouvé Romy, sa grande sœur Louane et leur papa Baptiste à Marne-la-Vallée. Le ciel donnait un soleil clair, l'air coupait les joues et, pourtant, nous avons souri, nous avons ri, parce que c'était leur jour, et parce que la promesse faite à Marina – voir ses filles heureuses ici – pesait davantage que le chagrin. J'ai levé la tête plusieurs fois vers l'azur d'hiver en me disant qu'elle nous voyait, que, de là-haut, elle comptait nos rires comme on compte des perles, et j'ai repris, en rentrant, le fil de la quête avec une détermination neuve : rester du côté de la joie, coûte que coûte, pour celles et ceux qui n'ont plus la force de la chercher seuls.

Chapitre 9

Écrire debout, Denali droit devant

À la toute fin de sa vie, papa avait entrepris d'écrire son autobiographie, et je revois encore ce cahier bleu où il avait commencé à poser, dans l'ordre du temps, les lignes d'un récit qu'il venait régulièrement taper à l'ordinateur chez Tatie, et où affluaient, serrées l'une contre l'autre, des scènes restées plantées en lui comme des échardes… Une camarade d'école morte en avalant des capuchons de stylo, un ami retrouvé suicidé, un autre fauché contre un lampadaire sur sa mobylette… Autant d'événements qu'il ne voulait plus laisser sans voix et qu'il essayait, déjà, d'ordonner pour tenir debout.

Écrire, pour moi, n'a jamais ressemblé à une opportunité mais à une évidence, et j'y ai pensé non pas dès l'aube de l'aventure, mais le jour où j'ai découvert ce mail à Mike Horn… Son projet d'écrire sur son histoire, sur le cancer, sur son vœu de montrer que, quoiqu'il se passe dans la vie, il faut continuer à se battre. Je savais qu'il me faudrait du temps pour trouver ma juste respiration. Alors, quand maman a réuni, en février 2022, celles et ceux qui avaient dit oui pour constituer le bureau de l'association, et qu'elle a ouvert la maison pour que nous parlions des modalités du projet, j'ai senti que l'idée germait pour de bon, comme une plante qui prend racine à l'abri.

François, un ami de papa dont j'écoute la sagesse depuis que je sais écouter, m'a conseillé ce soir-là de tout noter, et j'ai obéi sans me presser, moi qui fonce d'ordinaire, en ouvrant un carnet de bord où j'ai commencé à inscrire des dates, des impressions, des questions, des bouts de dialogues, non pour courir plus vite, mais pour ne pas perdre ce qui compte quand l'émotion passe.

J'ai gardé ce chantier au chaud, dans un coin de mon cœur et d'un dossier de mon ordinateur, en attendant les bonnes personnes pour m'entourer ; et, en janvier 2024, un message a glissé dans ma boîte Instagram, trois lignes de Pierre Faury, plus jeune que moi, fraîchement diplômé d'HEC, qui me souhaitait la bonne année et disait combien ce que j'entreprenais l'avait touché. Quand j'ai parcouru sa page, son talent d'orateur m'a rappelé la précision des mots de papa, si bien que je lui ai répondu avec émotion tout en l'invitant à la projection du film de l'Aconcagua.

Pierre est venu au *Grand Rex*, mais la soirée filait à toute vitesse entre réglages et contretemps, et nous avons à peine eu le temps d'un salut avant qu'il ne m'écrive, dès le lendemain, pour se proposer comme bénévole. À cet instant, j'ai su qu'il était la bonne personne pour m'accompagner dans l'écriture du livre et nous avons aussitôt dressé la liste des maisons d'édition susceptibles d'être intéressées, pendant que Clara, efficace et précise, nous aidait à monter un premier dossier de présentation, puis le temps a filé, comme toujours, quand la vie réclame sur tous les fronts.

Entre-temps, je tenais à offrir un vrai cadeau à Basile, le fils de Julien, qui avait perdu sa maman quelques mois plus tôt. Il allait fêter ses huit ans, son premier anniversaire sans sa maman. Laurène, la femme de Sébastien Loeb, m'avait écrit sur Facebook, mais je n'avais pas compris qui elle était. Au bout de quelques messages, elle m'explique qui elle est et qu'elle a déjà récolté des fonds pour l'association. On s'est appelé quelques jours plus tard et, là, je lui ai demandé si Sébastien serait d'accord d'être parrain de l'association. Elle a tout de suite dit oui et, quelques mois plus tard, on s'est rencontré et on a officialisé le fait qu'il devienne parrain.

Puis je voulais faire la surprise à Basile et j'ai pensé à Laurène, qui m'avait dit de ne jamais hésiter si j'avais besoin de quoi que ce soit. C'est comme ça que nous avons organisé cette surprise à Basile. Le 29 avril, à l'aérodrome de Strasbourg, on a entendu l'hélico arriver. Il ne s'y attendait pas du tout. Il avait le bras dans le plâtre, mais un sourire immense. La porte s'est ouverte, Sébastien Loeb est descendu et s'est mis à sa hauteur. Basile a sauté de joie. Il s'est assis à côté de lui dans l'hélicoptère et ils ont décollé. À l'atterrissage, il m'a dit : « Le plus beau cadeau d'anniversaire de ma vie. » C'est pour cette joie-là que j'ai créée l'association : pour voir des enfants sourire à nouveau – et, avec eux, me sentir un peu enfant moi aussi… Des moments précieux qui, si je les avais vécus aussi, m'auraient permis de comprendre que la vie continuait après le malheur de la perte…

Le livre, lui, restait dans un coin de ma tête, parce que j'étais à cent pour cent concentrée sur la préparation des Internationaux de Strasbourg, qui démarraient le 18 mai, et parce que Pierre bouclait ses études ; une amie travaillant dans l'édition nous a donné, au passage, quelques conseils décisifs et s'est proposé d'en parler à un collègue, ce qui m'a rassurée sur le chemin à emprunter sans m'obliger à précipiter la marche.

Juste avant de repartir pour l'Alaska, Philippe, le directeur Europe de JBL, rencontré quelques mois plus tôt à une soirée à la maison de l'Alsace sur les Champs-Élysées et présent à la projection de l'Aconcagua au *Grand Rex*, avec qui les liens ont été immédiats et sa volonté de me soutenir quotidienne, nous échangions presque tous les jours sur les projets de l'association et comment la faire grandir, m'a fait rencontrer des dizaines de personnes, dont, en visio, Jean-Benoît Gillig, producteur de fiction. Autour de moi, Hugo et Clara formaient notre petit comité de pilotage. Je sentais bien, au début de l'échange, que Jean-Benoît se demandait ce qu'il faisait là et qu'il avait accepté surtout par amitié pour Philippe, mais nous avons insisté pour lui montrer quelques minutes d'une vidéo présentant le projet et, à la fin, son visage s'est ouvert comme une fenêtre, il répétait, hyperému : « C'est incroyable ! » Puis il a évoqué le réalisateur Sébastian Perez Pezzani, des *Nouveaux Explorateurs*, que nous avons pu joindre la veille du départ. Sébastian s'est montré très intéressé, a trouvé le projet « incroyable » et a donné à Hugo des conseils concrets, si bien que nous avons refermé l'appel dans une effervescence qui tenait à la fois de la bonne nouvelle et du trac.

Clara est devenue au même moment mon binôme, mon bras droit, ma collaboratrice, une épaule sur laquelle je pouvais me reposer en toute confiance. Clara était ma coloc à Kedge Bordeaux, elle avait aussi perdu son papa et j'étais à une période où j'en avais besoin, terriblement besoin, car les projets s'entassaient et je ne savais plus comment les gérer. Elle est arrivée et tout s'est éclairé.

Tentative 2.0

Ah… Le Denali… 6 190 mètres, des températures qui peuvent descendre jusqu'à –70 °C… Nous l'avions approché en 2023, nous nous y étions cassé les dents, nous y avions beaucoup appris, et j'acceptais que ce n'était peut-être pas encore notre moment. Alors nous avons composé une nouvelle équipe, avec Hugo et Marco, guide italien rencontré à Chamonix, convaincus d'être cette fois vraiment prêts, jusqu'à ce que, quinze jours avant le départ, à 21 heures, tombe un mail comme une douche glacée : le parc refusait notre permis d'ascension, parce que le guide devait être américain et que Marco ne l'était pas, et je suis restée quelques minutes figée, le cœur battant à cent mille, sans solution apparente, à me demander comment absorber ce coup-là.

Au milieu de la nuit, incapable de dormir, j'ai écrit à d'autres agences pour tenter de sauver le départ, en me demandant aussi si papa ne me chuchotait pas, par ce contretemps, de renoncer. Au matin, j'ai appelé tous nos partenaires, et Lisa comme Hervé ont été unanimes : « Pars, on va trouver ! »… Même si demeurait l'obstacle très concret du budget, que nous refusions de dépasser en puisant dans les fonds réservés à l'Everest.

C'est ainsi que nous avons rencontré Tim, chef d'expédition, et Jackson, notre guide, tous deux américains, tous deux natifs de l'État de Washington. Nous avons fait des stocks de repas MX3, préparé le matériel dans une ambiance rieuse, puis quitté la civilisation pour trois semaines et, dans l'avion vers le camp de base, j'ai senti la peur remonter au ventre alors que la neige, vue du hublot, me rassurait par sa beauté nette.

À l'arrivée, nous n'avons pas eu à aplanir le terrain avant de monter la tente, Tim et Jackson évoluaient comme chez eux, et nous avons profité de cette première journée claire, puis gagné nos sacs, tandis qu'Hugo, en pleine forme, improvisait une chorégraphie d'anthologie sur « Viens danser » de Gilbert Montagné, la tête secouée comme un métronome heureux.

Le lendemain, nous devions nous arrêter dans un camp intermédiaire entre le camp 1 et le camp 2 pour gagner du temps. Coincés par la météo, nous avons attendu vingt-quatre heures en mangeant du chocolat et des pancakes, en nous chamaillant pour de faux, Hugo jurant que j'étais « mille fois plus bordélique » que lui et que je ronflais… Blagues « nulles à chier », selon sa propre expertise ! Je savais, à l'épaisseur du rire, que cette légèreté-là nous aiderait plus tard.

Quand la fenêtre s'est ouverte, la montée vers le camp 2 s'est révélée plus intense que prévu, l'objectif semblait inatteignable depuis le bas, la neige nous prenait jusqu'aux mollets, et nous avons multiplié les allers-retours pour alimenter le cache ; entre le camp 2 et le camp 3, l'itinéraire bouchonnait, à l'inverse de l'année précédente où nous étions presque seuls, et j'avançais pourtant au paradis, musique favorite dans les oreilles, cadence souple, jambes bonnes, joie nette d'être là.

Le cinquième jour, sous la toile, Hugo a pris ce qu'il a appelé « une claque de la vie » : il a compris, en se posant enfin, à quel point beaucoup de gens l'aimaient et à quel point il se sentait, jusque-là, incapable de leur rendre cet amour, et ses yeux ont brillé, et il a dit qu'il voulait donner davantage ; si l'expédition ne servait qu'à cela, elle servirait déjà. J'ai relu les lettres de papa, et à mon tour de me prendre une claque. Je prenais conscience de la taille du projet. J'avais l'impression aussi de comprendre enfin ses mots, certains que j'avais pourtant relus plusieurs fois mais qui venaient de se clarifier en moi.

Nous avons encore attendu, puis franchi Windy Corner pour atteindre le camp 3, plus abrupt que l'an passé, avec la fatigue qui tirait dans les cuisses, les pancakes qui réparaient provisoirement, et Tim qui détaillait la suite : six à sept heures de marche jusqu'au pied des cordes fixes, trois heures encore pour le sommet, sinon, enterrer les affaires et redescendre ; Hugo, méthodique, vérifiait les batteries des caméras, comme pour conjurer l'imprévu.

Puis j'ai prié pour la météo. Le dixième jour, nous sommes partis du camp 3 vers le camp 4, le High Camp, au moment où il ne fallait pas flancher, avec le sac le plus lourd qu'Hugo ait jamais porté et une peur raisonnable qui me tenait éveillée, tandis que Tim, ferme et calme, nous recommandait de ne jamais retirer les gants, de garder la chaleur, de surveiller nos doigts et nos orteils comme on surveille des trésors.

Au départ du camp 4, le vent soufflait plus fort que prévu, nous nous sommes emmitouflés et nous avons grimpé presque sans relâche et, huit heures plus tard, tout s'était étonnamment bien passé.

Entre ciel et terre

Nous avons cru jusqu'au bout. Je me suis souvenue des mots de papa à ma naissance, de ces difficultés qu'on apprend à traverser une par une, et, grâce à nos guides, nous l'avons fait pour lui et pour tous les enfants dont un parent se bat contre le cancer, si bien que j'ai pu dire à voix haute, avec l'émotion d'une phrase tenue :

« Papa, ce 15 juin 2024, tu reposeras à tout jamais sur le plus haut sommet d'Amérique du Nord, le Denali. »

La joie sèche et tranchante du Denali n'aura duré qu'un battement : la nouvelle est tombée comme une pierre dans la pente. Valérie, la maman de Laurine, si présente auprès de l'association, s'est éteinte juste après mon sommet, emportée par un cancer des ovaires, et, le lendemain de notre retour, j'ai pu me tenir aux côtés de Laurine pour lui dire une dernière fois au revoir. J'avais encore dans le corps le vent du haut plateau, et déjà, dans la gorge, cette poussière d'absence qui pique. Je pensais à papa, à ce que signifient les victoires lorsqu'elles se frottent au réel : elles éclairent, oui, mais elles n'empêchent ni la nuit ni l'amour, qui résiste à la nuit.

Marina, elle, avait laissé un souhait clair pour Louane, son aînée : entendre le concert de Coldplay à Lyon. Elle avait essayé, s'était retrouvée 1 500e sur liste d'attente, et Lauryn avait, pendant trois mois, retourné ciel et terre, jusqu'à dénicher un contact qui proposait quatre places. C'était cher, un peu fou, mais nous voulions aller au bout du rêve de Louane. Certaines promesses, surtout lorsqu'elles bordent la fin, ne supportent pas la tiédeur. La soirée de juin a été exceptionnelle ; au Groupama Stadium, sous « A Sky Full of Stars[1] », je sentais Marina avec nous, et les étoiles prenaient une signification précise, presque tangible, comme si la musique posait une main sur l'épaule de l'enfant.

De Lyon, j'ai gagné Paris, où Lila, une amie d'école de commerce que je n'ai jamais quittée, me garde toujours un coin de canapé et où Lucie, qui travaille en maison d'édition, m'attendait pour reparler du livre et de notre plan d'attaque. La réponse, nette, est tombée : la maison de Lucie n'était pas intéressée par mon projet littéraire. J'étais dépitée. Le lendemain, un café avec Jean-Benoît près de chez lui, pas le genre à laisser une idée refroidir. « J'ai une éditrice », a-t-il dit. Il a laissé un message à son amie Margaux, et j'étais déjà montée dans le train quand son SMS m'a trouvée : « Laisse ton téléphone allumé. » J'ai senti le projet battre de nouveau, comme une corde qu'on retend.

Ambassadrice de la Caisse d'Épargne, je savais depuis un an et demi que je porterais la flamme olympique à Strasbourg, choix de Guy. Le lundi 24 juin, un journaliste de France Bleu m'a appris que je la transmettrais à Matt Pokora, mon chanteur préféré quand j'étais petite. Nous étions plusieurs porteurs, tous horizons confondus, habillés d'une même tenue frappée d'un numéro, le sien juste après le mien : l'itinéraire semblait écrit. Un bus nous déposait tous les

1. *Ghost Stories*, 2014.

200 mètres. Parmi nous, Sally, créatrice de contenu (1,3 million d'abonnés), et Arsène Wenger, dernier relayeur chargé d'allumer le chaudron. Quelques minutes avant mon passage, Margaux a appelé ; je n'ai pas pu répondre, j'ai laissé filer le répondeur et gardé en tête cette promesse d'élan. Puis j'ai pris le porte-flamme : l'allumage, la chaleur immédiate, la foule qui s'ouvre, ces 200 mètres passés comme une respiration courte, et Matt Pokora en face, concentré comme moi… On sent quand il ne faut pas trembler.

À l'arrière du bus, 200 mètres plus loin, il nous a rejoints ; une personne de l'organisation nous a conduits vers une tribune VIP, place Kléber, pour assister au final. La maire de Strasbourg affrontait déjà le mur des caméras. Arsène est arrivé, a allumé le chaudron ; j'ai compris alors l'ampleur de sa popularité en voyant la foule presser les barrières et tendre les bras comme vers une rampe de sortie ; la sécurité a dû intervenir. Avant de partir, j'ai demandé un selfie ; il a accepté, d'une gentillesse désarmante, et j'ai pensé que certaines légendes rendent l'altitude respirable.

Nous étions exactement une semaine après le Denali. Le soir, une petite fête a réuni Hugo, nos sponsors et les bénévoles ; j'étais rincée par le bain de foule, mais portée par cette chaleur d'équipe. Le lendemain, j'enchaînais avec vingt-quatre heures de course pour l'événement de l'entreprise Lilly : 1 200 salariés qui courent non-stop « pour » une association. À l'arrivée, les chiffres claquaient comme un drapeau au vent : 6 800 km cumulés,

13 600 € récoltés ! Un record. L'après-midi, je me suis réfugiée dans un bureau au calme pour rappeler Margaux ; dès les premières secondes, j'ai senti chez elle une énergie claire et une attention vraie, ce mélange rare qui fait avancer un projet comme un pas sûr sur la neige portante.

La semaine s'est close en musique avec le set de Martin Garrix aux Solidays. Philippe de JBL m'avait donné deux places, j'ai embarqué Loan, qui a perdu son papa. Nous avons dansé en coulisses et, au dîner avec Philippe et Jean-Benoît, la timide Loan souriait sans s'excuser, ce qui valait tous les rappels.

Le mardi, retour au bureau : le plein des jours précédents retombait d'un coup, je me sentais un peu perdue, lestée de questions. Devais-je quitter les IS pour salarier l'association, au risque de perdre la liberté du bénévolat ? Devais-je tenter le grand saut en free-lance sur les réseaux ? Un troisième entretien m'attendait chez EY pour un poste de responsable événementiel Grand Est : n'importe qui aurait dit oui, mais je mesurais que la Constance que je suis perdrait de la souplesse, et qu'une prise de poste à la rentrée, avec l'Everest en ligne de mire, tiendrait plus du numéro d'équilibriste que du choix lucide.

Le bureau fermait pour l'été : congés imposés, et l'occasion, bienvenue, de partir à La Réunion avec mon chéri. Trois semaines à sillonner l'île, à bouger, à tenir la fatigue par la main ; en revenant, les décisions se sont posées comme des pierres stables :

je restais aux IS. L'embauche de Lauryn par l'association s'était enfin concrétisée, Clara m'épaulait davantage et je remettais la tête dans le guidon, mais avec un axe apaisé.

Pendant l'été, l'équipe d'*Échappées belles* (France 5) m'a appelée : ils passaient en Alsace. Avec Hervé, notre partenaire, on voulait compenser l'empreinte carbone des Sept Sommets en plantant autant d'arbres que de tonnes émises : environ 30 tonnes, 40 ares. Et, pour que le geste ne soit pas qu'un chiffre, chaque enfant de l'association planterait « son » arbre avec le forestier. La journaliste, Sophie, m'a interviewée ce jour-là. On s'est tout de suite bien entendues : gentillesse, écoute, sourire communicatif. On s'est revues plusieurs fois à Paris dans les mois suivants et une vraie amitié est née. L'émission a raconté mon histoire et filmé les enfants, mains pleines de terre, yeux grands ouverts. Je pensais à papa. Redonner du souffle au vivant, c'était ça : une graine après l'autre, comme on construit une cordée.

Tout cela tenait ensemble, la peine et l'élan, les hommages et les fêtes, la foule et les décisions silencieuses. Je marchais avec mes chagrins comme avec mes sommets, en faisant de la flamme qu'on me confiait – qu'elle vienne d'un relais, d'un concert, d'un champ de jeunes plants ou d'un plateau télé – un feu qui réchauffe sans brûler. Et, chaque fois que je levais la tête, je voyais très nettement la même ligne de crête : continuer, avec eux, pour eux, et pour toi, papa.

Chapitre 10

Mon Everest – le vent, la cendre et la main de papa

Le 6 octobre 2024, j'ai appuyé sur « publier » en retenant un souffle trop grand pour ma poitrine : j'annonçais l'Everest. L'inquiétude, telle une aile froide, m'effleurait la nuque ; je portais un immense respect à l'ascension d'Inoxtag quelques mois plus tôt et je craignais pourtant qu'on me range du côté des suiveuses ; je redoutais aussi les questions, légitimes, de pollution et d'écologie, et j'espérais que l'on saisirait l'ensemble de mon projet, sa cohérence, ses passerelles avec l'association et cette quête de sens qui me tient lieu de colonne vertébrale. La vidéo a filé dans la lumière bleue des écrans, près de cinq millions de vues sur Instagram, une marée de messages bienveillants ; j'ai senti, presque physiquement, qu'on m'avait comprise.

Alors je suis partie le cœur allégé jusqu'aux Sables-d'Olonne pour retrouver Fabrice Amedeo à l'orée du Vendée Globe et offrir aux enfants de l'association un week-end d'eau, de voiles et de brassées de sourires. Agathe, sept ans, qui a perdu ses deux parents à un an d'intervalle, est venue du Sud avec ses grands-parents ; elle s'est balancée doucement au concert de Jérémy Frérot, lèvres tremblantes de bonheur. Je regardais sa petite tête et je pensais au monde qui, parfois, par miracle, dépose de la musique là où manque une main. Avec Agathe, il y avait une dizaine d'autres enfants qui, comme elle, avait perdu un parent. Ils se sont soutenus, ils ont discuté comme à chaque événement qu'on organise. Cette année-là, en 2024, il y en a eu plus de 100 et 200 enfants qui ont pu participer aux projets que nous avons lancés pour eux avec les bénévoles de l'association.

Il fallait désormais mordre dans l'entraînement. One Fitness m'a ouverte comme on ouvre un coffre : au coach Valentin, je dois la précision des gestes, la sueur qui porte et qui vide. Primeo Energie m'avait prévu la course des 10 km des Champs-Élysées : j'ai pris le départ à côté de Thomas, directeur commercial, tandis qu'Éric, le directeur général, suivait au bras de sa compagne ; mes jambes ont fini par choisir l'avant, j'ai cherché un bon temps comme on cherche un souffle clair. Trois nouveaux partenaires ont rejoint mon petit bataillon : Jump (les bagages qui avalent le monde), Centrakor (qu'on ne présente plus), Wema (un cabinet d'experts-comptables). Quelques mois plus tôt, nous avons aussi obtenu le soutien de Wienerberger, Endress+Hauser et MX3 Nutrition. Grâce à eux et leur soutien, nous avons pu partir tenter de gravir le toit du monde : l'Everest. Et, en parallèle des séances de salle, Hugo et moi enchaînions les week-ends à Chamonix et dans la vallée d'Aoste ; l'air vif nous délassait les nerfs, nos silhouettes devenaient des lignes nettes sur la neige.

14 mars 2024 – Tymeo et Inoxtag, enfin

Il y a trois ans, Tymeo m'avait jeté ce rêve dans les bras. Maria (ma coloc de Bordeaux avec Clara) a recroisé un ami d'école, Thomas, devenu proche collaborateur d'Inoxtag : rien de garanti, mais une ouverture tout de même. Nous avons caressé l'idée qu'Inoxtag vienne à la projection du *Grand Rex*. Deux jours avant, un contretemps l'en a empêché, il a retourné son agenda comme un gant, il nous recevrait l'après-midi dans son studio. Nous avons bandé les yeux de Tymeo, il ne savait pas où il allait. Inès était là, douce, précise. Inox nous a accueillis avec chaleur, nous avons parlé de l'Everest, d'obstacles et d'allant ; son visage disait « Ça va le faire » avec une simplicité qui dénoue les crampes invisibles. Dix ans de réseaux au compteur et, au bout, une phrase qui m'a frappée : il fallait rêver maintenant, disait-il, il voulait qu'on se souvienne de lui quand il partirait. Cette phrase roulait en écho dans ma tête : la même couleur que les mots de papa lorsque je suis revenue de la tentative avortée du Denali.

Nous n'avions pas pris l'entraînement à la légère, nous y consacrions une heure à deux heures par jour. J'avais posé quelques congés pour me renforcer question technique dans une cascade de glace en Italie, dans la vallée d'Aoste. Les salles de sport One Fitness Club, qui étaient les partenaires majeurs de notre expédition avec Primeo Energie, nous ont mis à disposition tous leurs équipements, toujours avec notre coach Valentin. Je me suis lancée dans de longues randonnées, des trails, des courses à pied, j'ai fait du renforcement musculaire.

Clément, un ostéo du sport et de la course à pied, a soigné mes douleurs au mollet. François, un kiné à Strasbourg, s'est occupé de ma névralgie d'Arnold. Elle m'était tombée dessus avant la projection du film sur l'Aconcagua et a mis un temps fou à s'en aller. Capital Santé m'a proposé des séances de cryothérapie et d'oxygénation. Un truc de dingue. On entre dans une cabine. Pendant trente secondes, on est à –25 °C avec un ressenti de –45. Dans le second sas, on reste quatre minutes avec un ressenti de –110 °C. J'en ressors à chaque fois avec l'impression d'être shootée.

10 avril 2025 – le départ

C'était le grand jour. Je voulais un voyage simple, sans correspondances à rallonge ni réveil de nuit : un vol en fin de matinée, au départ de l'aéroport le plus proche, cap sur Katmandou.

À 9 heures, nous sommes arrivés à Bâle-Mulhouse avec un peu plus de 80 kg de bagages : une grosse valise Jump Bagages chacun (30 kg), une troisième de 20 kg à partager, nos sacs d'alpinisme (15 kg) et nos sacs à dos (8 kg). On a tout déchargé. Les garçons voyaient que j'étais crispée : l'Aconcagua tournait en boucle dans ma tête, j'avais peur d'un pépin au comptoir.

Au guichet, je m'attendais à un supplément monstrueux. Rien. La dame nous a tendu les billets avec un grand sourire : « Bon voyage ! » J'y ai à peine cru. J'ai serré mon chéri très fort, les larmes aux yeux, puis nous avons passé la sécurité.

Dans mon sac : *Kilomètre zéro* de Maud Ankaoua (cadeau de Serge Mathis) que je n'avais jamais réussi à finir, des barres MX3, de la lyo, des Babybel, du Milka. Chez moi, je n'en mange jamais ; en montagne, c'est mon carburant.

Escale à Istanbul : dernière visio avec le codir France de l'asso – Adèle, Lauryn, Lisa, Emma, Clara – puis des appels à Philippe et Hervé. Je voulais que ce voyage soit une pause, un vrai break. J'ai refermé l'ordi : pour moi, l'aventure Everest commençait là.

Katmandou – les signes

En sortant de l'aéroport, Dendi nous a accueillis avec un grand sourire et nous a passé autour du cou un foulard orange. C'était simple et fort : on était au Népal, vraiment. On a rencontré Lakpa, son neveu, qui serait notre guide pendant les dix premiers jours de trek. J'étais heureuse d'avoir choisi Glacier Himalaya, une agence familiale locale recommandée par Jonathan Lamy : je voulais que l'argent aille aux équipes d'ici.

Ce matin-là, on a aussi fait connaissance avec Zsolt, 45 ans, roumain, qui visait le Lhotse. Rooftop, petit-déj avec vue, sieste, puis balade le soir. Dans une boutique, Zsolt a tenu à nous offrir, à Hugo et moi, le même bracelet porte-bonheur. Premier dîner népalais tous les trois.

En marchant dans la nuit douce de Katmandou, j'ai réalisé : j'allais vraiment tenter le plus haut sommet du monde. Je savais qu'il y avait une part d'échec possible – le Denali n'était jamais très loin dans ma tête – et même une part de non-retour. Pourtant, quand on me demandait si j'avais peur, je répondais : « Non, ça va. »

Le lendemain, on a cherché une carte SIM. Dans la première case du formulaire, il y avait : « Nom complet du père ». J'ai expliqué que mon père n'était plus là. « Ce n'est pas grave, il faut remplir », a dit le vendeur. Alors j'ai écrit : Marc Schaerer. Ça m'a coupé le souffle. Écrire ton nom, papa, ici, maintenant… J'ai pris la carte, je suis sortie du magasin en larmes. Premier signe.

Notre guide nous a ensuite emmenés au Monkey Temple. Il y avait un monde fou. Je lui ai demandé si c'était toujours comme ça. « Non, aujourd'hui c'est le Candy Light Festival, la fête de la réincarnation de nos proches », a-t-il expliqué. La veille, on avait atterri ; ce jour-là, la ville célébrait les morts qui reviennent à la lumière. J'ai levé les yeux vers le ciel. Je t'ai senti tout près. J'ai fait tourner mes moulins à prières avec un respect immense.

Puis nous sommes allés au crématorium. Le guide nous a décrit le rite : les bûchers au bord de la rivière, les cendres dispersées dans l'eau. C'était le moment de parler. Je lui ai raconté mon projet, toi, l'Everest. Son visage s'est ému. À l'hôtel, il m'a serrée contre lui et m'a soufflé : « N'oublie pas les cendres de ton papa. » Je ne l'oublierai jamais. Deuxième signe.

L'après-midi, nous avons participé à la Puja Lama, prière de bonne chance. On nous a remis un foulard blanc « pour le sommet ». Quelques mois plus tôt, une maman de l'association, disparue en août, voulait que son foulard blanc soit déposé là-haut. Je n'avais pas pu voir son fils avant de partir. Et ici, on me confiait un foulard blanc à porter au sommet. Troisième signe, évident.

On a tourné le Bodnath au coucher du soleil, puis dîné avec Michel (qui avait déjà gravi l'Everest) et Laëtitia. Avec Zsolt, on a beaucoup parlé ; derrière lui, les lumières du stupa clignotaient. J'étais apaisée.

De retour à l'hôtel, j'ai appelé Lauryn : dix enfants de l'association entraient sur la pelouse avec les joueurs du Racing. Même à distance, je voulais voir leurs yeux. C'était notre projet, des mois de travail… et c'était réel. Je me suis endormie avec la sensation nette que tout s'alignait : Katmandou nous avait pris par la main et m'avait dit oui.

Lukla et Phakding – premier pas sur la route de l'Everest

À l'aéroport, on a embarqué en hélicoptère pour Lukla. Plus sûr que l'avion ici : piste courte, pente raide, météo changeante. Dès le décollage, le bruit des rotors prenait la poitrine. La chaîne de l'Himalaya se dessinait par fenêtres – crêtes, couloirs, glaciers – puis, d'un coup, la tempête. Le ciel s'est fermé, la cabine a pris l'eau, de vraies gouttes sur le plexi. Hugo, déjà pas à l'aise en l'air, s'est couvert les yeux. J'ai serré la sangle de mon sac et j'ai répété en boucle : « Ça va aller. »

L'approche de Lukla a été une délivrance. À peine posés, accueil de cinéma : des dizaines de personnes, une caméra, des policiers, des khatas passés autour du cou. Je croyais que c'était comme ça pour tout le monde… mais la caméra nous suivait encore devant le restaurant. Le producteur, François, s'est présenté : ils tournaient un film sur la vie de deux porteurs et allaient nous suivre jusqu'au camp de base. On a rencontré Béné, énergie solaire, et Nico, le cadreur. Je me sentais déjà dans l'histoire.

Permis récupérés pour le parc de Sagarmatha, on s'est mis en marche. D'abord une petite descente dans la vallée de la Dudh Kosi, puis le chemin file au nord, de village sherpa en village, entre champs de blé, pommes de terre, maïs, les moulins à prières qui claquent. On a terminé l'étape par un pont suspendu au-dessus de la rivière : le grondement sous les pieds, l'air humide sur le visage.

Phakding (2 600 m) nous a accueillis sous la pluie après un peu plus de trois heures. Premier lodge : simple et beau à la fois. Pas de douche, pas de chauffage dans la chambre, mais un lit, un oreiller, et la salle à manger tiède grâce au poêle au centre. Un dal bhat brûlant a remis du poids dans les jambes.

Dans la chambre, j'ai ouvert le sac : trop lourd. Mon aponévrosite s'était réveillée dès le premier jour. J'ai soulagé le dos, transvasé des affaires dans le duffle que les porteurs emporteraient au prochain hébergement. Puis je me suis glissée sous la couette. Le bruit de la rivière, la pluie sur la tôle, l'odeur du thé… Premier soir sur la route du Toit du monde. J'étais épuisée, et heureuse.

Namche – première vision de l'Everest, acclimatation, espoir

On a quitté Phakding au petit matin, le long de la Dudh Kosi. Les ponts suspendus vibraient sous nos pas, les cloches des yaks tintaient, l'air sentait la laine mouillée et la résine. Après Jorsale (2 805 m), la pente s'est redressée d'un coup vers Namche Bazar. Au bout d'une demi-heure de montée, l'Everest s'est découvert entre deux nuages. J'ai arrêté de marcher. J'ai eu les larmes aux yeux, le cœur qui cognait dans la poitrine. Je me suis dit tout haut : « Papa, tu vois ? On y est. »

Nous sommes arrivés assez tôt à Namche (3 440 m). Le village tournait comme une ruche : échoppes tibétaines, bijoux, tissus, sherpas qui se saluaient, enfants qui couraient. Le soir, au lodge, on a dîné simple et chaud. Le grand-père de la propriétaire est venu s'asseoir près de nous : il faisait partie du premier groupe de sherpas à avoir gravi l'Everest. Une légende. Il parlait doucement, avec des yeux très doux. Pendant plus d'une heure, je l'ai écouté, totalement émue.

Le lendemain, journée d'acclimatation. Nous sommes montés jusqu'à l'Everest View Hotel (environ 3 800 m). Premier face-à-face avec l'Ama Dablam : une montagne si belle qu'on se tait. J'ai respiré lentement, j'ai laissé les jambes chauffer, j'ai vérifié que la tête tenait bien l'altitude. Ça allait.

En redescendant, j'ai voulu rentrer directement. Finalement, on s'est arrêtés à Sagarmatha Next. Bonne décision. Un film de douze minutes, puis un bénévole a expliqué le travail de la SPCC (Sagarmatha Pollution Control Committee), créée en 1991 : garder les chemins propres, collecter les déchets, les acheminer jusqu'à Katmandou ou les recycler. Ici, on agit vraiment.

On a rencontré Tomy, co-fondateur. Il nous a parlé de drones en test pour récupérer des déchets jusque sur les camps 2/3/4. Moins d'allers-retours dans l'Icefall pour les sherpas, plus de sécurité, des secours possibles en quelques minutes avec oxygène ou médicaments. Oui, les permis et l'organisation restent complexes, mais j'ai senti de la volonté et des solutions. Ça m'a fait du bien. On parle tellement des problèmes ; là, je voyais des mains au travail.

Le soir, Namche s'est allumé comme un amphithéâtre. J'ai bu mon thé en regardant les lumières accrochées à la montagne. J'étais fatiguée, mais alignée : l'Everest paraissait un peu plus proche, et nous, un peu plus prêts.

Vers le camp de base – jours d'élan

Le matin suivant, le lodge bourdonnait doucement quand Kanchha Sherpa est entré. Dernier survivant de l'expédition de 1953, il avait 93 ans. On a partagé le petit-déjeuner avec lui. Il parlait bas, avec une délicatesse incroyable. J'avais la gorge serrée : je mangeais à la même table que l'histoire de l'Everest.

Nous avons repris la marche. Le sentier montait à flanc, puis plongeait vers la rivière. À un check-point, des agents ont saisi notre drone : le permis n'était pas encore arrivé. On a discuté une heure, rien à faire. On est repartis à contre-cœur, persuadés de ne jamais le revoir… jusqu'à ce qu'un homme nous rattrape plus loin, l'appareil en mains. Soulagés, presque sonnés.

Au monastère de Tengboche, le temps s'est ralenti. Les moines chantaient, l'encens montait en rubans. On s'est tus. J'ai pensé à papa, très fort, comme si la montagne venait d'ouvrir une porte invisible.

Le lendemain, la trace tirait vers Phortse (environ 3 800 m) : balcon sur la vallée, Ama Dablam en plein cadre. Le vent sentait la laine et le genévrier ; les moulins à prières cliquetaient au passage. Nuit simple, chaude autour du poêle.

Plus loin, cap sur Dingboche (4 300 m). Pause à Pangboche : déjeuner et prières au monastère. J'ai formulé mon vœu en silence ; j'avais du mal à redescendre tant j'étais émue. L'après-midi s'est étiré long, exigeant ; j'ai avancé au rythme de ma respiration.

Jour d'acclimatation à Dingboche : près de 800 m D+ sur 3,2 km. Sans sac, on a poussé un peu : les jambes répondaient, la tête aussi. Ça donnait confiance pour la suite.

En route pour Lobuche (≈ 4 900 m), le soleil tapait clair. Le chemin remontait jusqu'au col de Thokla (4 820 m). Là-haut, des chortens : mémoriaux pour celles et ceux que l'Everest n'a pas rendus. On s'est tus. J'ai laissé passer un courant de gratitude et de peur mêlées.

Dernière étape d'approche : Gorakshep (5 140 m), puis la langue grise du glacier du Khumbu jusqu'au camp de base (5 364 m).

Après dix jours de trek, on y était. Les tentes jaune vif piquaient le décor minéral, la glace craquait au loin. J'ai soufflé, j'ai souri. Première étape réussie. On n'allait pas y rester longtemps – je gardais la chambre pour un mois, mais la prochaine marche était déjà claire : le Lobuche Peak (6 119 m) pour finir de s'acclimater, puis revenir ici, prêts à lever les yeux vers le Toit du monde.

Puja au camp de base et Lobuche Peak – se rapprocher de lui

J11 – Puja

Le matin, la Puja a tout changé. Encens, mantras, drapeaux qui claquent : on réalisait qu'on allait vraiment tenter l'Everest et, en même temps, tout semblait irréel. J'ai pensé à toi à chaque tintement. On a demandé la chance et la protection, pour l'équipe, pour la suite.

Le plan était clair : redescendre à Lobuche, tenter le Lobuche Peak (6 119 m) pour finir l'acclimatation, revenir nous reposer au camp de base, puis partir pour une rotation jusqu'au camp 3 avant la fenêtre sommet. Je me sentais un peu plus près de toi.

J12 – Décision : one push

On est repartis vers Lobuche village. La météo s'annonçait mauvaise pour dormir en high camp : 40 km/h de vent. On a décidé de tenter le sommet en one push : départ 2 heures, 1 200 m D+, atteindre 6 119 m et redescendre dans la journée, retour vers 18 heures. Seul souci : ma gorge me brûlait. Je sentais mon état se dégrader.

J13 – Sommet, coûte que coûte

Réveil 2 heures. Nuit blanche, gorge en feu, faiblesse immédiate. Au petit-déjeuner, rien ne passait. J'ai hésité à rester… puis je me suis levée quand même. La nuit a avalé les premières heures. Plus on montait, plus je peinais à respirer. J'ai pensé plusieurs fois à redescendre. Le soleil s'est levé, m'a redonné un peu de force jusqu'au high camp. Un bouillon – trois gorgées à peine – et on est repartis.

La suite a été bien plus technique que je ne l'imaginais : corde fixe du bas jusqu'en haut, passages d'escalade, pente longue et vertigineuse. Là, j'ai compris à quel point l'Everest serait au-delà de ça. Le doute est arrivé, lourd.

Je n'ai rien lâché. On a atteint le sommet du Lobuche Peak. J'étais fière… et à bout.

La descente m'a brisée. J'ai tenu jusqu'au high camp, puis mon corps a dit stop. Le terrain était pierreux, piégeux ; Hugo m'a soutenue pour m'empêcher de tomber : j'avais l'impression de trébucher tous les deux mètres. La descente la plus longue de ma vie.

Au village, j'ai cru voir un mirage. Hugo m'a mise au lit, comme une enfant. Impossible de dormir profondément : la gorge empirait encore, jusqu'à la nausée. Je n'ai rien pu avaler.

J14 – Retour au camp de base

On est revenus au camp de base ; mon état n'allait pas mieux. Alors j'ai fait ce que je sais faire : attendre, soigner, espérer. Je voulais récupérer vite pour vivre chaque instant de cette expédition et, surtout, aller au bout pour toi, pour celles et ceux emportés par le cancer, pour les enfants de l'association. Ces jours-là, je te sentais si proche : à chaque souffle qui pique, à chaque pas gagné, je me disais que je montais vers toi.

Camp de base – repos, cuisine, Icefall : apprivoiser la peur

J15 – La première échelle

La nuit, c'était elle qui me hantait. L'échelle. Je l'ai enfin posée devant moi, gants serrés, mousquetons qui cliquètent. Premier pied, puis l'autre. Le métal vibrait sous la semelle, la corde tirait un peu, et mon souffle s'est calé. Ce test m'a apaisée : je savais désormais comment poser le pied, où regarder. J'ai commencé la cortisone pour ma gorge, avec Doliprane, tisanes et Strepsils. En fin de journée, je me sentais déjà mieux.

J16 – Dans la cuisine, côté sherpas

Jour off. On a rejoint la tente-cuisine : vapeur de riz, odeur de thé, rires étouffés par le vent. Ici, si on ne va pas vers eux, ils ne viennent pas. Alors on a pelé, touillé, goûté, surtout écouté. Je voulais vivre l'expédition comme eux la vivent. En fin d'après-midi, la météo a tranché : pas de départ demain vers le camp 1. On attendrait un jour de plus. J'ai rangé mon baudrier doucement, comme on remet une scène à demain.

J17 – Icefall training

Je l'attendais et je le redoutais. L'Icefall est un glacier vivant : il bouge, grince, casse. Le chemin y change sans cesse, tracé et retracé par les Icefall Doctors. On le sait : en 2014, un sérac est tombé, 16 vies emportées. On a répété les gestes : ligne de vie, mousqueton, bascule du poids, ponts de neige, échelles. La glace craquait comme du verre froid. Pour limiter les risques, le plan était clair : départ à 2 heures du matin pour la rotation d'acclimatation ; si tout allait bien, on monterait jusqu'au camp 3 dans les jours suivants.

Le soir, je me suis couchée habillée, frontale prête, gants posés sur la doudoune. Dehors, le glacier respirait. Dedans, je me répétais calmement : un pas après l'autre.

Première rotation – tenir la peur par la main

J20 – 2 heures du matin, dans la gorge de l'Icefall

On est partis dans la nuit, à 2 heures La neige tombait fin, régulière ; pour moi, c'était ton signe, papa. Les échelles vibraient, les cordes grinçaient, la glace respirait sous nos crampons. Dix heures d'effort, de marches posées, de silences où la peur serre la nuque mais où le corps répond. + 854 m pour atteindre le camp 1 (6 054 m) vers 12 h 30. Éreintés, heureux. Une soupe, une sieste, une autre soupe à 18 heures, puis la tentative d'une « nuit normale ». J'avais dormi trente minutes la veille : la fatigue cognait, la joie tenait la lampe allumée.

J21 – Vers le camp 2 (6 500 m)

Météo parfaite, lumière crue, chaleur qui oblige à multiplier les pauses. Après un peu plus de quatre heures, le début du camp 2 se dessine. J'avance encore trente minutes : nos tentes sont tout au bout. Je m'assois trois minutes, tout va bien… puis tout bascule : tête qui tourne, nausée, la vue qui blanchit. Hugo arrive, j'ai juste le temps de dire « malaise ». Mes mains se contractent ; on n'arrive même plus à me retirer la gourde. Coca, barre : dix minutes plus tard, je reviens. Pas de douleur, pas de panique, juste ce trou de carburant qui m'a prise en traître. Au camp 2, on me sert un méga dal bhat en plein soleil. Deux assiettes et le monde retrouve ses couleurs.

J22 – Jour off, cœur en alerte.

Dormir à 6 500 m, ce n'est pas dormir. Ma montre Garmin : 33/100. Ça va quand même ; je fais une sieste le matin (petit-déj MX3), une plus courte l'après-midi. Kusang demande à Hugo de balayer au drone une zone où des alpinistes seraient tombés l'an passé : rien. On enchaîne avec un nettoyage du camp : tout redescend, y compris ce qu'on préfère taire ; ici, c'est obligatoire et pesé. Le soir, un coucher de soleil énorme, orange et violet, coupe la respiration. La peur se tient tranquille, mais elle reste.

J23 – Toucher le haut, renoncer à temps.

Objectif : monter le plus haut possible, si possible toucher le camp 3. Mais Kusang est seul pour nous cinq aujourd'hui, et l'un de nous ne se sent pas bien. On franchit le passage délicat, puis on fait demi-tour. Ni risque inutile ni héroïsme vide : on est une équipe.

Moi, je me sentais très bien, sans oxygène, prête à filer vers le camp 3. Justement : la montagne rappelle à l'humilité. On redescend au camp 2. Spaghettis, rires décompressés, regards sérieux.

J24 – Redescente de nuit : merci, papa

Je suis partie fébrile. Cinq nuits de quasi-insomnie, une montée le matin même à 7 000 m, et, au programme, une descente au camp de base (5 300 m). Je t'ai tout demandé : couper le vent, redonner de l'énergie, calmer l'ampoule. Tu as tout exaucé. Au camp 1, je ne sentais plus mon ampoule. J'ai marché 1 h 30 sous la neige dans une bulle, à te parler, à ne penser qu'à toi. Le temps s'est plié, la peur s'est faite silencieuse.

Au camp de base, j'avais du mal à réaliser : on l'avait fait, et je me sentais mieux qu'en partant du camp 2. Soulagée. Quelques jours pour recoller le corps et le souffle avant la suite.

Camp de base – contrastes : froid, fierté, espoir

J25 – La première douche : le choc et le soulagement

Il fallait vraiment en avoir envie. Une tente glaciale, une bassine d'eau au milieu, aucun chauffage, dehors une température qui dépasse rarement 0 °C. J'ai gardé ma doudoune jusqu'au dernier moment. L'eau sur la peau piquait comme des aiguilles, je grelottais, je riais nerveusement. Dix jours sans douche, puis d'un coup la renaissance : odeur de savon, cheveux propres, corps allégé. J'ai regardé mes mains rougies et je me suis dit : *OK, je redeviens quelqu'un.* Sur toute l'expé, je n'en prendrai que trois. Mais, à chaque fois, la même sensation : repartir à neuf.

J26 – Le SPCC et les drones : voir le futur au pied de l'Everest

On parle souvent de ce qui ne va pas. Ce jour-là, j'ai vu ce qui avance. Le SPCC (*Sagarmatha Pollution Control Committee*) nous a montré les drones financés localement, capables d'emmener jusqu'à 20 kg au camp 1. Ce que ça change ? Moins d'allers-retours pour les sherpas dans l'Icefall, donc moins de risques. Des déchets redescendus depuis les camps supérieurs. Et, surtout, des secours en quelques minutes avec oxygène, médicaments, premiers soins, là où on en a besoin. J'étais fière de pouvoir raconter ça. Oui, il y a des problèmes ; mais mon expérience n'était pas celle d'un chaos permanent. Ici, des gens se battent pour faire mieux. Et ça marche.

J27 – Kusang : la confiance a un visage

Depuis le premier jour, Kusang m'aide. Dans l'Icefall, il m'a parlé juste ce qu'il fallait : un conseil, un geste, un regard. Je me suis tenue à sa voix. Quand j'ai appris que ce serait lui qui m'emmènerait au sommet, j'ai littéralement sauté de joie. C'était essentiel pour moi de connaître celui avec qui j'allais jouer ma chance tout là-haut. On ne les voit pas tous : beaucoup sont en rotation pour préparer les camps supérieurs, surtout le camp 4. Mais Kusang et Lakpa ont été toujours à nos côtés. Kusang a déjà réussi quatre Everest, aspirant guide, bientôt on l'espère UIAGM. Ce soir-là, en rangeant mon matériel, j'ai senti une paix nouvelle : la montagne restait immense et dangereuse, mais je n'étais pas seule.

J34. J-1 – Lettre à papa

« Mon petit papa, bientôt quatre ans que j'ai retrouvé ta dernière lettre, celle de ta cérémonie :

« Le cercueil repart seul, accompagné de Marie et Constance… Je souhaite être incinéré, et mes cendres seront déposées à plusieurs endroits, si possible sur le plus haut sommet de chaque continent. » En mai 2021, je n'ai pas mesuré à quel point ces mots allaient changer ma vie. En mai 2025, à quelques heures de tenter le plus haut sommet du monde, je sais que, même parti depuis dix-huit ans, tu l'as changée pour le meilleur : des aventures que je n'aurais jamais imaginées, des rencontres incroyables, et surtout une association née en ton hommage, qui accompagne des dizaines d'enfants. Merci de m'avoir donné la vie, d'avoir tout appris, tout laissé, surtout ta lettre. Ta fille, qui t'aime par-dessus les étoiles, et qui espère te faire voir le monde depuis le toit du monde. »

Sommet push – Icefall

J35 – Icefall numéro deux

Le mercredi soir, j'ai annoncé le départ. À 0 h 45, réveil. Petit-déjeuner préféré : french toast et œuf au plat. J'ai embrassé le cuisinier comme un talisman et j'ai pris le chemin de l'Icefall. Chaque saut au-dessus d'une crevasse me crispait encore, mais moins qu'avant. J'ai partagé un Twix avec les sherpas, puis j'ai accéléré, jusqu'à chanter à tue-tête Camélia Jordana : « Non, non, non » ; Hugo me suppliait d'épargner ses oreilles. J'ai atteint la première le camp 1 ; on m'a tendu un jus d'ananas qui avait goût de victoire. À 17 heures, soupe et bol de riz – du grand luxe – puis je me suis effondrée pour trois heures de sommeil. À 4 h 30, je me suis réveillée lourde d'altitude.

J36 – Camp 2

Départ à 6 h 30. Des nuages roulaient au-dessus de nos têtes quand un hélicoptère nous a survolés, une personne au bout. Et le talkie-walkie qui résonnait… Nous avions compris qu'il se passait quelque chose de grave. J'ai demandé à Kusang : il m'a dit qu'une Philippine était morte la veille d'épuisement, et qu'un sherpa et son client manquaient. J'étais consciente des risques ; je l'ai répété cinq fois : « On ne prend aucun risque. » Il me l'a promis.

Pour penser à autre chose, j'ai voulu aider le cuisinier du camp 2 à préparer ses spaghettis aux carottes et aux saucisses ; il a écarté mes mains d'un geste doux.

J37 – Camp 3 (environ 7 000 m)

Première fois au-dessus de 7 000. Un peu d'appréhension… et finalement aucun mal de tête. Avec Kusang, on est montés vite. Sans oxygène. J'ai attendu le reste de l'équipe en sirotant un jus. Beaucoup d'alpinistes montaient déjà avec oxygène ; j'étais fière de la team, et de mon corps.

J38 – Camp 4 (environ 7 800 m)

Départ 4 heures, pour être devant. Soleil dur, plus de 7 heures d'ascension. On a mis pour la première fois les masques à oxygène (on avait dormi sans au camp 3 ; j'aurais aimé continuer, mais ce n'était pas raisonnable au vu des nouvelles).

En montant entre C3 et C4, la nouvelle est tombée : Zgolt, parti au Lhotse la veille, d'abord porté disparu, a été retrouvé sans vie, à quelques dizaines de mètres du sommet. Au camp 4, la réalité m'a frappée : il ne redescendrait plus, il ne reverrait plus sa femme et ses enfants. Un papa, comme le mien. Je n'incrimine personne ; je veux juste dire ce que j'ai compris, là-haut : aucun projet ne vaut une vie. En très haute altitude, l'erreur est fatale.

Nuit du sommet – 19 mai 2025, 6 h 10

À quelques heures du départ, je n'arrivais plus à m'arrêter de pleurer. Je pensais à toi, à tout ce qu'on avait vécu, à tous ces jours où j'ai rêvé d'être ici. On était au camp 4 de l'Everest ; dans quelques heures, tu serais pour l'éternité là-haut.

La dernière montée a été immense : vent jusqu'à 50 km/h, –40 °C, doigts engourdis, cordes qui grincent, frontales comme des étoiles fixes, et l'aube qui fend le noir d'un trait rose. À chaque pas, je savais pourquoi j'étais là. Tu étais avec moi, du premier au dernier mètre.

À 6 h 10, le 19 mai 2025, nous avons atteint le sommet de l'Everest. J'ai sorti le petit sachet contre mon cœur. Une poignée minuscule de tes cendres. Le vent les a prises, et tu t'es envolé. J'ai déposé le foulard blanc qu'on m'avait confié. J'ai pensé à tous : toi, les mamans de l'asso, nos proches, les enfants.

Nous l'avons fait, mon petit papa. Tu voulais que tes cendres reposent sur les Sept Sommets : après le Kilimandjaro, l'Aconcagua, le Denali, te voilà au sommet de l'Everest.

Je t'aime jusqu'à l'infini. Merci pour tout.

La descente – chutes, brouillard, faim d'eau, choix justes

Nous avons commencé à redescendre vers le camp 4 et nous avons touché du doigt le mot bouchon. Une centaine d'alpinistes attendaient sans espace pour se croiser et nous avons piétiné pendant une heure entière. Ma jambe a tremblé et Kusang l'a tenue pour empêcher les secousses. Derrière nous, des voix ont grogné et la pente est devenue très raide. Kusang a dit d'y aller et je suis tombée sur le dos. Un trou béant a noirci le bord de mon champ de vision et je me suis relevée d'un bond avant d'apercevoir Hugo plus bas. Je lui ai demandé ce qu'il faisait là et il m'a répondu qu'il s'était trompé de chemin. Il était tombé, lui aussi. Sa combinaison s'était déchirée et il a remonté la pente en tirant sur sa poignée d'ascension. Nous avons recroisé nos camarades, la policière népalaise, le Japonais, l'Indien, englués dans la file qui n'avançait presque plus.

Au Balcony, le jour blanc a effacé la montagne et nous n'avons plus rien vu. Nous avions gravi dans la nuit et nous descendions dans le brouillard. À la première pause, nous nous sommes assis par terre comme des clochards et j'ai attrapé mes gourdes. L'eau avait gelé net et il était impossible de boire. Le givre ressemblait à du verre que la lumière rendait translucide.

Nous avons gagné le camp 4 en étant lessivés. Un lyophilisé pour deux a suffi parce que quelques cuillères avaient déjà rempli l'estomac. Nous avons dormi une heure et les autres cordées sont arrivées l'une après l'autre. Kusang a dit qu'il fallait repartir. J'ai demandé encore un peu de temps, mais il a fallu libérer une tente pour l'équipe japonaise. J'ai senti un nœud me serrer la gorge et j'ai souri tout de même. Nous sommes partis vers le camp 2. Le vent est resté présent, mais il devenait supportable. Nous avons recroisé le même corps que celui de l'aller et j'ai senti mon père se serrer contre mon épaule comme pour me rappeler de rester droite. Vers le camp 4 du Lhotse, j'ai compris que je n'irais pas plus loin. J'avais des gelures aux doigts, des ampoules aux pieds et le sac était devenu un ennemi. J'ai dit « camp 3 » d'une voix sans appel et j'ai demandé quarante-cinq minutes de sieste. Kusang a prévenu qu'il n'y avait ni eau ni nourriture. Il était dix-neuf heures passées quand je me suis allongée. Cinq minutes plus tard, Kusang est revenu et il m'a demandé si je voulais dormir ou continuer. J'ai répondu que je voulais dormir. Hugo est arrivé, il a posé ses affaires et il a dit : « On dort là. » Nous avons fait un festin de guerre avec deux Babybel, un Mars, un Snickers, un KitKat et une barre NX3. Nous n'avons même pas fini. La nuit a été mauvaise et, pourtant, elle nous a sauvés.

À six heures, le réveil nous a trouvés encore fatigués, mais déjà mieux. La décision avait été juste. Plus tard, nous avons appris que le vent avait soulevé la moitié des tentes du camp 4 et qu'il avait rendu l'ascension impossible. La frustration s'est défaite comme une corde qui se détend. À sept heures, nous sommes repartis vers le camp 2. Au bout d'une heure, nous avons dû choisir entre reprendre le passage compliqué de l'aller ou descendre par un rappel plus vertical mais plus franc. Nous avons choisi le rappel. Un sherpa nous attendait en bas avec du thé, du Coca, des gâteaux. Ce fut le luxe absolu. Il a porté mon sac et, dès qu'il m'a libérée de ce poids, j'ai marché sur un nuage. J'ai enfin pu dire tout haut ce qui ne s'était pas enregistré là-haut. J'ai dit que j'avais gravi l'Everest et j'ai senti mon père approuver en silence.

Au camp 2, nous avons mangé des spaghettis avec des carottes et des saucisses et nous avons fait une sieste de deux heures. À dix-sept heures, nous sommes entrés dans l'Icefall à la nuit tombante et nous n'avons pas traîné malgré les ampoules d'Hugo, qui souffrait le martyre. À l'arrivée, on m'avait demandé ce que je voulais boire. Je détestais la bière et les alcools forts.

On m'a servi du vin blanc dans une canette de Coca et j'ai pris deux gorgées parfaites. Tout le monde a insisté pour que j'annonce notre réussite. J'ai posté la vidéo et je n'ai pas réussi à dormir. Le cœur était trop haut. J'aurais aimé rester deux ou trois jours de plus dans ce camp qui ressemblait à un Club Med improbable, mais il fallait soigner les gelures. J'ai décalé l'hélicoptère de quelques heures parce que l'objectif avait été atteint et parce que je voulais reprendre mon rythme. France 3 Alsace m'a demandé une intervention au journal de midi et j'ai dit oui. L'hélico a décollé et la nausée m'a prise. Nous avons rejoint Lukla où l'orage approchait. Nous nous sommes installés dans un café et nous avons à peine eu le temps de regarder la carte qu'un autre hélicoptère s'est annoncé prêt à partir. Nous sommes montés. Hugo, terrorisé, s'est couvert le visage avec les mains. Je n'étais pas beaucoup mieux.

Katmandou grouillait de monde mais ce n'était pas pour nous. Une danseuse népalaise ultra-célèbre qui avait réussi l'Everest venait d'atterrir. Une ambulance nous a conduits à l'hôpital. J'ai découvert le brancard pour la première fois. On nous a fait un bilan sanguin. Le cathéter m'a fait mal dans un bras puis dans l'autre. On nous a envoyés faire des radios et, enfin, on nous a installés dans des chambres où il y avait une table basse, un canapé, une grande fenêtre, une salle de bains et une douche. La civilisation avait retrouvé nos épaules. Je me suis allongée et tout m'a pesé d'un coup. J'ai grignoté un chicken burger puis un club-sandwich très lentement tout en répondant aux premières sollicitations des DNA et de L'Équipe. Je ne me suis pas douchée et je ne me suis pas changée. La nuit s'est remplie de cauchemars de montagne. J'ai crié et j'ai appelé Hugo.

Au matin, j'ai eu l'impression d'avoir été shootée. L'infirmière m'a demandé trois fois si ça allait. J'ai pris le petit-déjeuner et les médicaments. J'ai dit que j'avais besoin d'une douche. On a retiré le cathéter et j'ai fourni un effort surhumain pour atteindre la salle de bains. Sur mon téléphone, la vidéo du JT de France 2 s'est lancée. À la première image, je me suis écroulée en larmes. J'ai enfin compris ce que nous avions fait. Je me suis assise par terre et j'ai regardé la vidéo cinq fois de suite. La phrase « À 8 800 mètres, les larmes ne coulent pas » m'a transpercée comme une vérité froide. J'ai écrit au rédacteur en chef de Télématin pour remercier la journaliste et pour demander un contact. Il m'a répondu. Je me suis douchée et j'ai retrouvé Hugo avec les cheveux lavés, un t-shirt propre et des jambes fines comme des baguettes. Quatorze kilos s'étaient envolés. Kusang est passé, euphorique, et il est resté longtemps. L'infirmière a proposé encore un repas. Nous avons trié les demandes des médias, refait nos sacs et filé à l'hôtel, le même que le premier jour. Nous avons dîné avec l'équipe japonaise. Nous avons levé un dernier verre avec Louis, qui repartait déjà vers l'Alaska.

Et, dans le vacarme doux de la ville, j'ai senti mon père marcher encore à côté de moi, plus léger que l'air, plus solide que la roche.

Les derniers jours – famille de montagne, retours, brassées de bras

Le lendemain, TF1 a annoncé qu'ils nous filmeraient à Mulhouse, et cette simple phrase a posé sur la journée une vibration d'après-sommet, comme si le monde extérieur avait déjà tendu les bras. Kusang nous a invités chez lui, dans un petit appartement niché dans l'immeuble de son oncle qui était guide lui aussi, et nous avons grimpé l'escalier en colimaçon avec nos jambes encore lourdes tandis qu'une odeur de riz et d'épices montait à notre rencontre. Sa femme, sa belle-sœur et lui avaient cuisiné un dal bhat au poulet qui fumait dans des bols modestes, et il avait acheté du vin blanc parce qu'il savait que je n'aimais pas la bière. J'ai mangé lentement, comme on rouvre une fenêtre sur la vie, puis je me suis endormie à table pendant une heure entière, le front sur l'avant-bras, bercée par leurs voix basses qui continuaient de parler autour de moi. À seize heures, ils ont commandé du KFC, c'était ma première fois, j'ai trouvé cela délicieux et presque enfantin, comme un cadeau de fin d'épreuve. La balance invisible disait tout de même la vérité du corps qui avait lutté. J'avais perdu quatre ou cinq kilos et Hugo en avait perdu quatorze, il tenait dans ses vêtements comme une brindille dans une housse.

À dix-sept heures, j'ai répondu à l'interview avec Sophie d'*Échappées belles* sur France 5, et ma voix avait gardé ce grain de haute altitude qui rend les mots plus lents et plus vrais. Le soir, nous avons enfin réservé les billets du retour. Nous aurions pu le faire avant, mais cela aurait signé trop tôt la fin d'une histoire que je ne voulais pas refermer. Le mardi, nous sommes allés à la piscine avec Kusang qui ne savait pas nager, et je lui ai acheté un maillot en riant comme une enfant, parce que le voir barboter les bras écartés me rappelait que la victoire la plus douce restait de jouer. Je suis retournée chez le coiffeur, encore, pour apprivoiser le miroir qui me rendait une silhouette affinée de sommet. Le soir, nous avons dîné dans le premier restaurant où nous avions mangé tous ensemble au début, et j'ai senti ma gorge se serrer, parce que ce soir-là Zolt était assis face à moi. Nous avons commandé toute la carte comme pour combler un vide qu'aucune assiette ne comble, puis Kusang et le chef de l'agence nous ont déposés devant l'aéroport. Ils ne pouvaient pas passer plus loin et j'ai pleuré en quittant celui qui m'avait protégée d'un bout à l'autre du toit du monde, avec la sensation que mon père me serrait la main pour que j'avance sans me retourner. J'ai appréhendé la France qui m'attendait, avec trop de tout partout, trop de sons, trop de visages, trop d'amour à recevoir d'un seul coup. Au guichet, nous avons posé les valises et l'agent a annoncé vingt-quatre kilos d'excédent. À l'aller, nous avions choisi trente kilos au lieu de quarante pour économiser trois fois rien, et il a fallu payer six cents euros, le prix d'un billet, sans autre choix que d'acquiescer. J'ai eu vraiment les boules et j'ai senti en moi remonter la rugosité de la paroi, ce refus de céder à l'agacement parce que le sommet m'avait appris la patience.

Dubaï nous a avalés dans son aéroport immense qui semblait sans bord, et une navette nous a trimballés pendant trente minutes sous les néons froids. Hugo a paniqué parce qu'il avait oublié son téléphone sur son fauteuil, et une employée a passé des coups de fil jusqu'à ce qu'il le retrouve une demi-heure plus tard. Nous avons vécu six heures d'escale en pleine nuit à comater sur des sièges trop droits. Dans le second avion, les films étaient payants et la carte d'Hugo ne passait plus. Il a refusé que je paie et il a dormi, tandis que je regardais House of

Gucci et d'autres images sans fin, au point de ne pas reconnaître Lady Gaga sous les couches de fiction. Trente minutes avant l'atterrissage à Mulhouse, mes jambes se sont mises à crisper de crampes, comme un prélude à ce qui allait nous arriver au sol. La première personne que nous avons croisée, un employé de l'aéroport, nous a félicités, et je me suis demandé ce que serait l'après quand la porte s'ouvrirait.

La porte s'est ouverte et tous les enfants de l'association m'ont sauté au cou. Eux, c'était toute ma vie, j'ai fondu en larmes aussitôt parce que je sentais mon père passer au milieu de la foule pour m'embrasser avec eux. Il y avait soixante, peut-être soixante-dix personnes, des amis, de la famille, des bénévoles, des parents, des sponsors, des brassées de fleurs qui sentaient la rosée du matin. J'ai serré maman dans mes bras en premier, puis mon chéri, et j'ai embrassé des joues, des fronts, des tempes, jusqu'à la photo de groupe qui a fixé ce moment comme un sommet bis. Avec la maman et la sœur d'Hugo, nous avons déjeuné dans un bar à salades avec Lauryn, et la salade a croqué sous la dent comme une promesse de normalité. Nous avons pris la route du retour, nous sommes passés chez Tatie, et à la maison j'ai retrouvé mon chien qui a tournoyé autour de moi comme un petit vent tiède. Mon chéri a dormi là, et nous avons parlé doucement de notre prochain emménagement au cœur de Strasbourg, pendant que, quelque part, la montagne s'éloignait sans quitter mon corps, et que la présence de papa continuait de marcher à mon pas.

Kusang avait continué de veiller comme un frère d'altitude, et il nous avait menés d'un transfert à l'autre, puis à l'hôpital, puis encore vers l'hôtel, et chaque petit souci s'était résolu sous son sourire calme qui tenait lieu de boussole lorsque mon corps vacillait encore. J'avais tenu mon Instagram de A à Z pendant toute l'expédition, et je l'avais fait en filmant ma journée en même temps que je la vivais, puis en m'asseyant le soir pour monter deux heures d'images avec les doigts engourdis et l'esprit encore haut perché, puis en chassant le moindre filet de réseau dans le vent froid, puis en postant autour de dix-huit heures trente quand la montagne me le permettait, et cette discipline-là m'avait tenue droite comme une cordée intérieure qui ne rompait pas.

Et dans les interstices, il y avait toujours lui, mon père, qui avançait à mon pas et me soufflait la route, et son nom avait rejailli sur le formulaire de la carte SIM comme une apparition qui m'avait serré la poitrine, et le foulard blanc m'avait attendu au bon moment comme si la promesse d'une autre mère avait trouvé ses mains, et la neige était tombée quand je l'avais demandée tandis que le vent, lui, n'avait pas obéi malgré mes prières, et la lettre du camp 3 avait rallumé sa voix dans la nuit où j'avais lu chaque mot comme on rallume un feu, et la poignée de cendres s'était ouverte là-haut à la lumière coupante du sommet comme on ouvre une main pour un adieu qui n'en finit pas.

En bas, j'avais retrouvé les bras de maman qui m'avaient refermée sur la vie, puis la clameur des enfants avait débordé comme un torrent de printemps, et le chien avait trotté autour de mes jambes, et tout avait recommencé à couler à travers moi, l'air, le pain, les rires, et la certitude simple que je pouvais encore marcher parce que l'amour, lui, n'avait jamais quitté la corde.

Chapitre 11

La vie d'après

Depuis l'annonce de la réussite, vingt-deux mille nouveaux regards me rejoignent et je vois la courbe grimper comme une vague qui me porte sans me renverser. Les studios s'ouvrent, les plateaux m'avalent, les micros s'allument, et je me découvre étrangement à l'aise au milieu des caméras qui clignotent. Je respire, je réponds, je garde la tête froide et les épaules droites alors même que l'effet boule de neige bouscule tout autour. Pendant des mois j'ai vécu sous la pression compacte d'un objectif qui ne me quittait pas, et le simple fait d'avoir tenu sur l'arête de l'Everest m'apaise aujourd'hui comme une main posée sur le front. Au cœur de la folie, je me sens plus sereine que jamais.

Je profite de chaque heure et je goûte chaque jour comme on laisse fondre un carré de chocolat sous la langue. À Katmandou, la vraie semaine de repos que nous nous sommes accordée avec Hugo m'a permis de redescendre du sommet jusque dans mon corps. Je n'avais pas préparé le retour, pourtant j'étais prête sans le savoir. Je me suis offert le recul qu'exige une joie qui déborde. Je laisse venir la gratitude et je la laisse rester.

Les jours continuent de s'écouler, toujours aussi denses. L'embauche de Lauryn m'a rendue plus légère et je mesure, à la présence de Clara pendant la tournée des médias, combien être entourée change l'allure d'une vie. Être bien entourée n'a pas de prix. Je savoure ce retour d'Everest autant que l'Everest lui-même, avec la même intensité et la même douceur mêlées. Trois ans de préparation se referment comme une porte qui ne claque pas. Je me sens chanceuse et je l'assume.

Je sais pourtant que l'ascension ne s'est pas terminée au sommet. L'aventure ne fait que commencer. J'ai gravé en moi le plus haut point du monde et je sens qu'il bat encore contre mes côtes, mais je vois déjà d'autres arêtes se dessiner au loin. Il me reste des défis à accomplir et des sens à faire naître. Je continue de rêver grand et je marche vers ce rêve comme on marche vers une lumière stable.

Mon bilan tient dans une poignée de vérités simples que la montagne a gravées en moi. L'effort m'a appris la patience. Le manque m'a appris la sobriété. La peur m'a appris la clarté. Je n'ai rien conquis d'autre que la capacité d'aimer plus fort ce qui compte. Mon père se tient là, dans la place qu'il n'a jamais quittée. Son nom écrit sur un formulaire à Katmandou a rallumé sa présence. Le foulard blanc reçu au moment juste m'a rappelé les promesses confiées. La neige tombée à la demande m'a pris la main. Le vent qui n'a pas obéi m'a rappelé l'humilité. La lettre lue au camp 3 continue de parler en moi. Les cendres libérées là-haut ont ouvert un espace que rien ne refermera. Chaque fois que je ferme les yeux, je l'imagine regardant le monde depuis cette hauteur, et je lui dis que j'avance, que je m'occupe de maman, que le chemin reste droit.

L'association grandit et je la vois comme une cordée qui s'allonge. Lauryn prend sa place, Clara tient la sienne, Hugo continue d'y croire avec moi, et je sens cette équipe autour de laquelle se rassemblent des amis, des partenaires, des familles et des enfants qui reviennent au sourire. Nous ne soulevons pas des montagnes, nous posons des mains sur des épaules, nous offrons des souffles de jeu, des parenthèses de lumière et des rendez-vous qui tiennent chaud. Je garde cette boussole-là tournée vers eux et je mesure la route encore à tracer.

Les belles surprises s'enchaînent… Début juin, je suis entrée dans une salle en croyant venir pour autre chose et j'ai découvert d'un coup un ciel de visages. Lauryn avait tout organisé avec maman et les équipes de One Fitness. Plus d'une centaine de personnes se sont retournées et la clameur m'a littéralement cueillie. J'ai reconnu des amis, des collègues, des partenaires et, surtout, ma famille rassemblée. Mes jambes tremblaient, ma poitrine se creusait, je riais et je pleurais en même temps. Ce soir-là, j'ai compris que la victoire n'avait de sens que lorsqu'elle était partagée.

Quelques jours plus tard, je suis montée dans un train pour Paris. La tournée des médias m'attendait et je partais sans crispation parce que je savais que Clara me rejoindrait le soir. Elle marcherait à mes côtés, elle déroulerait ce calme qui m'aide à poser les mots justes. Je regardais par la fenêtre et je laissais défiler les champs comme on feuillette un album. Ma vie tient dans ce mouvement précis. Une main dans la sienne. Un message à Hugo. Un texto à maman. Une pensée droite vers papa.

Je vis désormais dans ce clair-obscur que la montagne m'a appris. Je garde l'équipement rangé mais prêt. Je fais croître l'association avec patience et exigence. J'aime sans mesure ceux qui m'entourent. Je laisse l'altitude redescendre doucement et je laisse l'élan rester. Demain dessinera ses propres sommets. Je les gravirai à mon rythme, avec la mémoire d'une plume au bout des doigts et la certitude qu'une main invisible tient toujours la corde.

Remerciements

J'ai tant de personnes à remercier qu'un second livre n'y suffirait même pas. À toutes ces âmes merveilleuses qui m'ont accompagnée, qu'elles aient partagé un simple détour ou l'ensemble du voyage, je souhaite adresser ma profonde gratitude. Vos encouragements, votre dévouement, votre soutien et votre affection m'ont portée vers les sommets. Cette ascension n'a pas été seulement la mienne : elle a été une aventure collective, écrite à mille mains et vécue à mille cœurs.

À mon papa, sans qui ce projet n'existerait pas.

À ma maman, pour son amour sans limite et son soutien inconditionnel depuis toujours.

À Hugo, qui, depuis le premier jour de ce projet, est resté à mes côtés. Nous avons atteint ensemble le sommet de l'Everest et nous avons encore tant d'aventures à vivre.

À ma famille, pour sa présence tout au long de mon enfance.

Et en particulier à ma Tatie, toujours positive et accueillante.

À mon compagnon, Youri, et à mon amie Clara, toujours présents dans les bons comme dans les mauvais moments.

À ceux qui ont cru en moi, cru en mes projets les plus fous, et particulièrement à tous mes partenaires et soutiens, sans qui ce projet n'aurait pas été possible : gravir les 7 Sommets en l'honneur de mon papa.

À tous ceux qui m'ont aidée lors de la création de l'association 7 Sommets contre la Maladie et jusqu'à aujourd'hui : les marraines et parrains, les mécènes, les bénévoles, et en particulier l'équipe Codir France : Lauryn, Emma, Adèle et Lisa, ainsi que toute cette communauté bienveillante et motivée qui apporte des moments de bonheur aux enfants dont un parent est malade ou décédé.

Grâce à vous, plus de 200 enfants ont pu être accompagnés partout en France depuis mars 2022 ; plus de 300 événements, rêves et week-ends ont pu être organisés, et ce n'est que le début de l'histoire.

REMERCIEMENTS

À tous les enfants et familles de l'association, toujours rayonnants et enthousiastes malgré les épreuves.

À tous mes amis d'enfance et à ceux rencontrés ces dernières années.

À toutes les personnes qui ont rendu ce livre possible : Jean-Benoît, Lise Boëll, Margaux, Coralie, Carole, Océanne, Alexandre et toute l'équipe de Fayard.

À tous ceux, de près ou de loin, que j'ai eu le bonheur de croiser sur mon chemin.

Un grand merci à toutes et à tous d'être à mes côtés.

Table des matières

Cet ouvrage a été imprimé en France par
CPI Brodard & Taupin
Avenue Rhin et Danube
72200 La Flèche (France)

pour le compte des Éditions Fayard
13 rue du Montparnasse, 75006 Paris
info-fayard@editions-fayard.fr
en septembre 2025

Composition et mise en pages
Nord Compo à Villeneuve-d'Ascq

PAPIER CERTIFIÉ

fayard s'engage pour l'environnement en réduisant l'empreinte carbone de ses livres. Celle de cet exemplaire est de :
400 g éq. CO_2
Rendez-vous sur www.fayard-durable.fr

N° d'édition : 78-9417-4/01 - N° d'impression : 3062461